LOCUS

LOCUS

LOCUS

LOCUS

catch

catch your eyes；catch your heart；catch your mind……

catch 187
櫻花武士歷史之旅

作者：陳銘磻
責任編輯：盧紀君、繆沛倫
美術設計：盧紀君
法律顧問：全理法律事務所董安丹律師
出版者：大塊文化出版股份有限公司
台北市 105 南京東路四段 25 號 11 樓
www.locuspublishing.com

讀者服務專線：0800-006689
TEL：(02) 87123898　　FAX：(02) 87123897
郵撥帳號：18955675　戶名：大塊文化出版股份有限公司
版權所有　翻印必究

總經銷：大和書報圖書股份有限公司
地址：新北市新莊區五工五路 2 號
TEL：(02) 89902588（代表號）FAX：(02) 22901658
製版：瑞豐實業股份有限公司
初版一刷：2012 年 9 月
定價：新台幣 320 元

ISBN 978-986-213-357-6
Printed in Taiwan

國家圖書館出版品預行編目 (CIP) 資料

櫻花武士歷史之旅 / 陳銘磻著 . -- 初版 . -- 臺北市：大
　　塊文化，2012.09
　　面；　公分 . -- (catch；187)
　　ISBN 978-986-213-357-6(平裝)

855　　　　　　　　　　　　101016283

侍の歴史と文学探訪

櫻花武士 歴史之旅

陳銘磻 文／攝影

目錄

我看櫻花武士

林水福

日本仙台東北大學文學博士、文化學者、教授
現任台北駐日本經濟文化辦事處文化中心主任

　　就時間先後順序而言，「武士道」，無論指的是渡戶稻造的《武士道》或宮本武藏的《五輪書》而言，都在以鎌倉幕府為始的武家政治之後。而本書中談論的人物大致可分成兩大類，一是著名武將，如源賴朝、源義經等，二是具武士道精神的武術名家如宮本武藏、佐佐木小次郎等。由此可見本書是取廣義的武士之義。

　　取材範圍相當廣泛，包含歷史物語、小說、電影等。談論的人物及攝影取材之廣多，讓人佩服。

　　編排上本書大抵依歷史先後順序，以人物為軸，再介紹相關的歷史景點或文學作品。因此，景點位置剛出現在關東，可能一下子又跑到東北或本州最南端，這似乎也象徵武士一生的漂泊的宿命。

　　武家主宰了日本從 1192 年的鎌倉幕府成立到 1868 年德川慶喜將軍大政奉還，約 700 年。尤其鎌倉幕府是開創武家政治之始，因此這部分占的比重較大。而「武士道」精神是日本人共通的深層精

神，所以就了解日本或日本人而言，本書是很好的入門書籍。

對於一般遊客來說，也是很好的參考書籍。因為談論日本民族的書籍如《菊花與劍》或者諸多的日本人論，這些書籍大抵而言學術性味道較濃，一般讀者或許不易接受；而坊間的旅遊書籍，偏重吃喝——這當然沒什麼不好，只是對於歷史文化方面如果想知道多一點的人士，恐怕不能滿足。尤其，旅遊日本的歷史古蹟，如果對旅遊景點的歷史和相關文學作品有一些認識，相信感覺會不一樣。

那種樂趣，讓人感覺不僅看到現代的眼前的東西，彷彿能和古人對話，了解文物的身世以及本身所承載的歷史意義，會產生一種充實感，滿足感。說不定還衍生出不同的人生觀呢！這是走馬看花、蜻蜓點水式的旅遊體會不到的。

以最近我去過的鎌倉為例，本書 168 頁「歷史地景‧鎌倉市鶴岡八幡宮」介紹鎌倉幕府成立的歷史，八幡宮的由來、歷史，而與一般旅遊書不同的是說明八幡宮東側的「靜御前」櫻樹的由來以及圍繞它的歷史，試看：

「靜御前」指的是源義經的愛妾「靜」。……被譽為戰神的源義經徹底消滅平氏政權，協助兄長源賴朝取得天下，然而勝利的喜悅並未維持太久，源賴朝心中的忌妒與猜疑，早已取代手足之情……源義經被迫與兄長決裂，只能選擇與愛人及一干家臣流亡……靜因懷有身孕，體力難於負荷長途跋涉，源義經派遣五位隨從保護靜下山躲藏……隨從非但洗劫靜身上財物，還將他丟棄在冰天雪地的山谷……。

短短幾百字將源氏兄弟反目成仇，手足相殘的人倫悲劇，以及夫

婦被迫生離死別的情景勾勒分明。

　　諸如此類的短文，不勝枚舉，既訴說歷史，也像一篇篇掌中小說，有時富含詩意，彷彿閱讀史詩，而從中往往又可汲取人生經驗，可謂一舉數得。絕對物超所值，因此，樂於推薦，希望大家喜歡它！

於東京白金台

林水福教授，輔仁大學東方語文學系文學士、日本仙台東北大學文學碩士、博士。曾任日本梅光女學院大學部助理教授、日本國立東北大學客座研究員、高雄第一科技大學外語學院院長、輔仁大學日文系主任、所長、外語學院院長、中華民國日語教育學會理事長、台灣文學協會理事長、臺灣石川啄木學會會長、中國青年寫作協會理事長等職。曾獲第三屆「五四獎」文學活動獎。著有：《源氏物語的女性》、《日本文學導遊》、《他山之石》、《三島由紀夫的失戀與創作》、《日本現代文學掃描》、《讚歧典侍日記の研究》等書。譯作有：遠藤周作《深河》、《沉默》、《武士》、《醜聞》、《我拋棄了的・女人》、《海與毒藥—遠藤周作中短篇小說集》；辻原登《飛翔的麒麟・上》、《飛翔的麒麟・下》、《家族寫真》；井上靖《蒼狼・成吉思汗》；谷崎潤一郎《鍵》、《細雪》等書。現任台北駐日本經濟文化辦事處文化中心主任。

人中武士花中櫻

陳銘磻

　　旅行日本三十餘年，不僅深切感受大和民族嗜櫻似命，眷戀癡狂；
更從閱讀書籍、閱覽風景中發現，櫻花雖美，似露之臨，如露之逝，
終焉落土歸塵。然，文學家喜用櫻開紛落，倏忽生滅，無顧念與不眷
戀的絕情姿態譬喻武士精神。日本人甚且認為，花開短暫，灑然飄落，
才是誠摯的生命真諦，還說那就是大和魂。這道理可深奧啊！

　　從小偏愛以武士或浪人為主題的日本映画，至今猶然愛不釋捨，
羅生門、影武者、盲劍客座頭市、鞍馬天狗、里見八犬傳、亂、七武士、
用心棒、宮本武藏，乃至近期的黃昏清兵衛、末代武士、一命、平清
盛等，經由三船敏郎、勝新太郎、渡邊謙、真田廣之等演員所傳達古
代武士鋒利的太刀兵刃撕殺，比之槍械炮火的戰爭交鋒更為驚心動魄；
可卻不明白大和民族謂之兵者、侍、武者，象徵武士道的切腹、介錯、
自戕的「死即是生」的武士意識與行為，竟是櫻綻櫻飄精神。

　　那個始自平安王朝平家武士立下的武家規範，到源賴朝發揚光大
成立幕府政權，演繹至戰國和德川幕府時代，形成為「與其告訴你，
他是怎麼死的；不如告訴你，他是如何活過來的」！這種捨生取死了
心願，浮世月上無懸雲的生命態度，正是武士道總結儒學、道學和佛
學，深刻參悟的禪道美學。

　　禪道哪是凡夫俗子能通悟的呀！平安末年，一場情愛與權力的爭
奪，使北面武士佐藤義清出家成為西行法師；一場下關壇の浦海戰，

終結權傾一時的平氏武家；一場長達十年的應仁之亂，使繁華帝都淪為斷壁殘垣；一場守衛幕府制度最後一役的會津若松之戰，年輕的白虎隊武士在鶴城失守之際，祭出青春生命。

吉野山上櫻花盛，花與當年同樣多；一切如來，萬般重生。如此看來，武士道視死如歸之姿，不正是櫻落飄瀟，不眷短暫、不戀華麗的風雅夢覺，恰似有耶無耶終成虛的棄執之念。

武士出身的平清盛貴為王朝太宰大臣，使伊勢平氏一族盛極一時，終也入道修佛；驕奢淫逸不長久，盛者轉衰如滄桑，平家滅亡。之後，源賴朝雖以霸氣奪得平家政權，仍於薨去前兩天出家。修行者宮本武藏劍術高明，號稱天下第一劍，一生與人決鬥六十餘回，從未失手，因為「禪定」。鹿兒島下級武士出身的西鄉隆盛，一生輒啟兵戎，多次被流放他鄉異地，終焉死於介錯；被認為是日本最末武士的西鄉嘗言：「無我則不獲其身，即是義，無物則不見其人，即是勇。」至死堅持武士之道。

從平安末期平清盛開啟武士治國格局，到明治初年廢藩，七百多年間，日本淪為武士天下，社會瀰漫在武力與權力爭奪的不安時勢，相對締造出不少英雄豪傑。用文學傳記或影像傳播武士或武士道之種種，人們得以輕易從一棵樹，找到一片森林；

從而也在追尋一隻鳥的過程，迷失於蔚藍天空。閱讀相關武士書籍和戲劇時，就曾出現過這種心情，所以戮力釐清與理解。

我非武士，只是愛戀櫻花，便興起從日本旅行經驗中，尋索寫作曾是大和武士爭戰、浪跡的歷史遺址的念頭，心念萌生，忽而想起某次在岐阜縣高山市旅遊，友人所述一段關於武士的意志物語：有一無主可侍的浪人武士，攜帶一太刀一短刀，步履蹣跚的行走在妻籠道上，問他為何不學佐藤義清放下屠刀，成為歌人法師的西行？浪人武士說，人們的手是刀、腦子是刀，心也是刀，跟他身上的太刀有何差別？他是「為生而死，為死而生」的佛。

深沉的武士禪語，使我糊塗了半天，果然，日後旅行到相關武士的歷史景地，未見殺氣騰騰的刀光劍影，卻在遺址景地嗅覺濃濃的佛意禪味。「風月無邊，那是江戶浪人的天地」，是這樣的嗎？

近代日本是個善於維護和保存歷史古蹟的國家，大則興動土木，依樣整修；小則建館立碑，以資說明紀念，讓遊客得以從中見識歷史進程，以及文化美學。開創武士盛世的平家早就滅絕，櫻花武士佐藤義清塵落大阪弘川寺，一代劍豪宮本武藏晚年跌落五輪書中，豐臣秀吉舉辦花見宴的吉野山，一目千本的櫻花年年盛開；我以文學旅行之姿，從這些碑跡舊址尋找昔日刀光劍影的殘痕，寫下日本武士的歷史之旅。日本武士、武將繁雜，史跡景地更多，故而取題「武士雙刀」兩冊以資區隔，第一刀：武士道與歷代知名武士；第二刀：戰國時代與大名武將。

行吟坐詠武士刀的歷史與文學之旅，但解世事夢幻似水，任人生一度，深覺況味許多，十分意趣。

武士歷史與文學之旅地景圖

平忠盛：三重縣•兵庫縣•岡山縣•京都府

平清盛：京都府•福岡縣•廣島縣•神戶市•歧阜縣
　　　　高松市

佐藤義清：茨城縣•宮城縣•京都府•大阪市•吉野山

源義朝：京都府•名古屋•愛知縣

源賴朝：伊豆半島•鎌倉市•箱根町•京都府

源義經：京都府•宇治市•下關市•門司港
　　　　鎌倉市•岩手縣•奈良縣

宮本武藏：熊本市•小倉市•京都府

佐佐木小次郎：岩國市•福井市•下關市

柳生十兵衛：奈良市

坂本龍馬：高知縣•鹿兒島•長崎市•京都府

西鄉隆盛：鹿兒島•熊本市•東京市

第一話

大和武士的起源

——武士，為了證明自己活得精采而斷然結束生命

櫻花呀，
不要怨嘆賀茂河上的風吧，
　　它無法阻止花的凋落。
　　　　　　——《平家物語》

武士道精神原典・葉隱聞書

—隱於葉下，花兒苟延不敗，終遇知音，
　　　　欣然花落有期。—西行上人

《葉隱聞書》成書於江戶時代正德六年
（1716），由佐賀藩主鍋島光茂的侍臣山本常朝口
述，武士田代陣基採用語錄體形式，花費七年時間
記述整理，以山本常朝有關武士涵義的言論為主，
兼及日常言行，所以又稱《葉隱論語》或《葉隱論
語摘抄》。

山本常朝生於1659年佐賀城下片田江橫小路，
初名松龜，屬江戶時代武士，通稱神右衛門、俳號
古丸。出生後體弱多病，被認為是「水氣不足」、「陰
乾的那樣」；孩提時，父親佐賀藩士山本重澄教誨他：
「長成大剛者，才必有高用」、「假笑，就會成為
不敢正視對手的卑怯者」、「無論如何都要成為剛
者」、「武士無食，也要剔牙」、「修補裙襬可粗
心大意」等身為一名真正武士的思想操守。

山本重澄剛強的性格，以及矜持武士操守的態

安部龍太郎著《葉隱物語》

度，對日後的常朝產生極大影響。不過，父親平日所作也僅只說教而已，日常教育則由內侄們負責。九歲時，因為父親引薦，山本常朝成為佐賀藩第二代藩主鍋島光茂的侍童，改名市十郎，二十歲時又改名權之丞，從事以御傍役之身分，擔任「御書物役」的工作，此後一直忠心侍奉藩主長達三十三年。

雖然身居「御書物役」，山本常朝始終未得到光茂重用，意味著他的「武士夢」破碎，甚至連「御書物役」的職位也遭免除；失意之際，巧遇後來影響他思想的湛然法師。

湛然曾任鍋島家高雲寺第十一代住持，因村了法師被判斬首，湛然求赦無果而移居松瀨。山本常朝前往位於佐賀郡松瀨的華藏庵拜訪湛然，向他學習佛道，並於二十一歲時由湛然按照佛法進行師父為弟子法燈禮儀的「血脈」和生前葬儀之儀式的「下炬念誦」兩項禮儀，並為他取了「旭山常朝」法號。

湛然認為，人生要事有四條，包括：「武士道」、「忠主君」、「孝雙親」和「慈悲心」。山本常朝在《葉隱》中強調的慈悲心即源於這時期的修行所得。

後來，常朝又拜訪了在佐賀縣大和町下田松梅村閑居的石田一鼎。石田是著名神道、儒道、佛道的學者。他跟湛然同樣強調「忠主君」，因此，常朝得以從儒學中陶冶性情。這對日後《葉隱》一書的內容影響極深。

天和二年（1682），時年二十四歲的山本常朝與山村成次的女兒結婚，同年十一月擔任御書物役。二十八歲，在江戶被任命為書寫物奉行以及京都御用之職。三十三歲回到佐賀藩，再次被任命為御書物

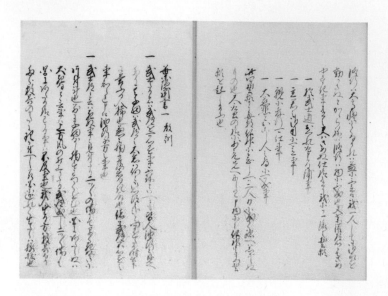

山本常朝口述，田代陣基筆錄的《葉隱聞書》

役，同時承襲父親「神右衛門」之名。

五年後的元祿九年（1696），常朝被任命為「京都役」。此時，為了醉心於和歌的藩主鍋島光茂四處奔走，取得不易獲取的《古今傳授》一書，隱居後因重病臥床度日的光茂對此又驚又喜，自此對常朝大為賞識。

1700年，時年六十九歲的光茂去世。服侍光茂超過三十年，正值四十二歲的常朝對其許下「這家我一人承擔」的承諾，不久，傷感的決定出家；三日後，由了意法師在高傳寺正式受戒剃度；七月初，開始在佐賀城以北十公里的山地來迎寺村，黑土原的庵室「朝陽軒」展開隱居生涯，並供養光茂。

向來仰慕常朝的田代陣基終於在寶永七年（1710）見到他，二人相談甚歡，聰慧的陣基便將常朝對於武士和當時社會的觀點，一一筆記集結，

以「葉隱」為名，在享保元年（1716）九月完成了共十一卷的《葉隱聞書》。

隱居深山達二十年的常朝於享保四年（1719）謝世，終年六十一歲。墓地位於八戶龍雲寺。

由田代陣基筆錄的《葉隱聞書》，在歷史教訓、實情逸事的雜然陳述中，將山本常朝所思所想娓娓道來。卷壹、卷貳論武士心性；卷參至卷伍記佐賀藩歷代藩主事蹟；卷陸言佐賀藩古來歷史；卷柒至卷玖談佐賀藩武士言行；卷拾涉獵他藩武士言行；卷拾壹補遺。

取名《葉隱聞書》，「聞書」，聞，聽也；書，記錄也。這是當時流行的文體。

《葉隱聞書》不僅是武士修行書，也是近古日本特殊社會形態「武士社會」的文化精神史書。宣揚忠孝仁愛，主張大義與殉死，是日本傳統文化的重要組成部分，被後世人認為是一部全面瞭解大和精神和大和文化的重要原典之一。

武士道在日本擁有其普世價值，各行各業皆殷切奉行；一為儒教武士道，遵循治國平天下的儒學傳統；一為神教武士道，以《古事記》神話為根底；另一為佛教武士道，《葉隱聞書》即屬此道。

《葉隱聞書》探討武士戰術，更將武士精神提升到人生境界，謂之「武士生死哲學」，也即赴死、忠義兩全，才是武士道的終極追求。本書開宗明義指出：「武士道者，死之謂也。」所欲傳達和表現的精神，既是果斷地死、毫不眷戀地死，甚而毫不猶豫地死。武士道認為只有死是誠摯的，其他的功名利祿全為虛幻。當人捨棄名利，以「死身」為義勇奉公時，便能清楚通透真實世間。這種武士道內涵，標榜精神

三島由紀夫著
《葉隱入門》

層面的優越，亦即心理上先戰勝自我，方能戰勝他人。

《葉隱聞書》被界定為殘酷的「武士論語」，啟發了「狂與死」的美學境界，美而狂的行動理論，貫穿整本《葉隱》，這種被賦於思索意味的行動美學，可說是武士道精神的源頭。書云：「所謂武士道，就是看透死亡。」「即使頭顱被砍下，也要從容做完一件事。切下我的頭顱埋葬好了，再躺在上面去死。」又說：「偉大的思想，總是趨於極端；極端性的言論，往往突破常識。」

《葉隱》一書教導武士不該為生死問題束縛，該死時不畏懼死亡，要勇於捨棄對生的執著，痛快死去；活著的時刻要盡全力活下去。全書啟示武士面對死即可造就完美的生，一如櫻花在綻放最燦爛時刻飄落的明快姿態；相對武士，亦復如是。日本和歌詩人紀則友詠道：「春光雖明媚，櫻花無心戀；凋謝於佳日，花落灑滿地。」充分顯示櫻花以姿稟勁特，氣節豪邁的方式凋零。

「葉隱」一詞由來，緣於西行法師的和歌，西行歌云：「隱於葉下，花兒苟延不敗，終遇知音，欣然花落有期。」此說甚具含蓄美。無疑，山本常朝的《葉隱聞書》得自其義精髓，對解讀櫻花、武士和武士道三者相互密切關係，大有助益。

武士掌權統領國政的起源

《平家物語》一書詮釋，沒有平清盛就沒有武士時代。日本武士存在於十世紀到十九世紀之間，期間形成了武士的道德觀和生活準則，也即現今人們口中所說的「武士道」。

平清盛身處的平安王朝末年，武士被稱「朝廷走狗」、「王家的鷹犬」，他的養父平忠盛為當代武家士族，「平家」武士集團的首領；為求家族生存，必須無奈的接受天皇交代，浸滿鮮血與侮辱的任務，並領受相應報酬的賞賜，這是當代武士存在的方式。

武士的成因，以平安時代律令制度下產生的武官為雛形；時當第五十代桓武天皇，為鞏固政權而設立「武家」。

桓武天皇即位後，意圖在北本州島鞏固和擴張統治範圍，對本州北部蝦夷人派出的北伐軍缺乏士氣和紀律，難在戰場取勝而大傷腦筋，便轉而向地方世家豪族求助，他提出授予「征夷大將軍」稱號，並給予任何討伐北本州的勢力。這些弓馬嫻熟的世家豪族很快成為天皇用來剿滅反抗力量的工具。為

鳥羽上皇畫像
（安樂壽院所藏）

平忠盛畫像（歌川國貞畫）　　　　　平清盛（月岡芳年畫）

了應對戰事，地方政治和國司制度變質，士兵不再是任何人都可以勝任，專職的武士制度於焉產生，武士集團相繼抬頭，成為維護朝廷安全的棟樑。

　　武士集團反亂和成長了近一百年，直到白河天皇時期（1007）平家武士首腦平正盛從四位下，其子平忠盛於鳥羽天皇（1135）緝捕海盜，平定瀨戶內海有功，官至正四位上，武士集團在朝廷的地位愈形穩固；平忠盛為平家武士奠定後來由平清盛領導的平氏政權，極大影響，甚而促使平清盛日後身居太政大臣高位，成為武士集團掌握政權，領導國家的先例；尤以跟鄰近的宋朝王國、高麗進行貿易，穩定平氏

政權經濟的基盤，促使平氏帶領的社會繁榮一時。

　　平清盛以平家一族登場，武士集團領導國政進入新紀元。

　　十二世紀末，平家宿敵源氏一族在下關的關門海峽擊潰平家軍，安德幼帝隨祖母投海自盡後，源氏一族隨之抬頭，其武士集團首領源賴朝出任征夷大將軍，創立幕府，統帥天下軍政，彰顯武士時代來臨。

　　自此之後，各朝各代的軍事領袖泰半沿襲「征夷大將軍」官位，施行統治。從1192年平安時代結束，鎌倉時代開始，繼而建武年間、室町時代、南北朝時代、戰國時代、安土桃山年間，到江戶時代，絕大部分幕府勢力握有實際統治的政權。這種武士掌權統領國政的歷史共業，直至1868年明治天皇施行「明治維新」西化運動，江戶幕府德川慶喜交還政權為止，武士集團統治日本的現象終焉完結。

明治天皇

　　武士集團或武家，是幕府權力的統稱，也即幕府將軍的家族；有時也泛指一般武士士族。

　　平安時代中期的貴族社會，為使特定官職及職能固定化，形成「繼承家業」的情況，其中，以武藝為才能的下級貴族「武家」，是由「武勇之家」或「武門」衍繹而來，包括了 有武力、武勇及以仕奉輔佐天皇的家系，且大多用「家人」稱呼手下任職的武士，日文稱武士為「侍」。

　　鎌倉幕府成立以後，為確立主僕關係，並表示敬意，用「御家

人」稱呼武士；鎌倉初期的朝廷、幕府以及關東地區的武士家族以「武家」相稱。經歷承久之亂後，幕府為監視朝廷，在京都設立六波羅探題，探題一詞意指武家，但一般武家被定義為幕府或幕府組織或幕府權力，後來就連御家人也被稱作武家；御字表示敬意，御家人原是征夷大將軍專用稱呼，表明其武士地位。

室町時代的武家是指幕府及將軍家；江戶時代則指幕府、將軍家、所有大名以及高級武士。武士以外的百姓、町人等擁有武士身分者也被稱作武家。

真正的「武士」，實則必須文武雙全，除了擅長劍道、馬術、射箭等武藝，平時還須讀書、習漢文、練書法、繪山水、做文章；對於兵法、韜略尤須精通；品行、操守和勇氣更是被列為評鑑範圍。由是，武士的品德就叫「武士道」，失去侍奉主公的武士叫「浪人」。

日本著名武士繁多，其中，戰國時代的宮本武藏是家喻戶曉的代表人物；近代導演黑澤明是詮釋武士形象最成功的電影工作者，如《七武士》、《亂》等；三船敏郎、勝新太郎和渡邊謙則是飾演武士的最佳人選，如電影《宮本武藏》、《盲劍客》、《末代武士》等。

崇美又黷武的菊花與刀

　　美國學者路斯・本尼迪克特用「菊花與刀」分析武士道所象徵的大和精神。「菊花」是皇室家徽，「刀」是武家象徵。遵守武士道精神的武士，腰間經常佩帶武士刀，以示勇武。

　　歷史進程中，自鎌倉時代源賴朝開創武家政治，到南北朝時期皇室與將軍對抗；再從室町幕府到戰國時代綱常廢弛，由織田信長、豐臣秀吉、德川家康創下江山霸業到幕末「大政奉還」、「尊王攘夷」、「公武合體」，皇室與將軍之間錯綜複雜的關係，始終左右歷史進展。

　　尤其，武家興起，武士成為具有特權的階級，地位凌駕庶民之上，有時尚可與皇室、貴族並駕齊驅、平起平坐，形成政體不清不明。路斯・本尼迪克特論及「菊花與刀」象徵大和民族的矛盾性格，同時指出日本文化的雙重性，如：崇美又黷武，好禮又好鬥，喜新又冥頑，服從又桀驚等。這種文化特性被歸類為「恥感文化」，同樣，象徵武士生存規範的「武士道」也充滿難以捉摸的不可辨識性。

　　武士道要求：義、勇、仁、禮、誠、名譽和忠義，

歌川豐國繪的武士像

原為高尚說詞，是武士階級必須恪遵的準則，其淵源可追溯到日本的國家神道和佛教，以及古中國的孔孟儒道。從神道教中，武士獲得忠於主君、尊敬祖先的意識；從佛教的禪宗哲思裡得到平靜、沉著和不畏死的特質；從儒學中得到五倫：君臣、父子、夫婦、長幼、朋友的信念。

武士道精神固為日本傳統文化的標竿；然而，這種高尚的道德準則有時也會醜惡變形。

戰國時代便是一個綱常淪喪、善惡不分的時代。全國被數百個掌握地方權勢的大名據地為王，攻伐無常。各家勢力中，實際權力為家臣篡奪，家臣的權力又被他的家臣分割掉。君臣、父子、兄弟之間毫無信義可言，臣弒君、子弒父、弟弒兄的行徑隨時發生，其殘暴手段令人瞠目結舌，以至形成「下尅上」的歷史包袱。

在封建領主中，產生過如：織田信長、上杉謙信、武田信玄、豐臣秀吉、宮本武藏等著名武家，也存在過更多像北条早雲、齋藤道三、松永久秀這類恩將仇報、弒主奪國的武士。戰國時代的武士精神混濁雜亂，庶民生活無所依歸，連寺院都被捲入戰爭之中，「武士道」呈現不堪一擊的局面。

作家井上靖在其著作《日本歷史》中，曾為武士下註：殺人、搶劫、強盜即為武士，戰敗而逃亡、

流浪的武士為浪人，可見武士殺人成性的本質。

這裡述及「菊花與刀」，刀字所指，即通稱的太刀、武士刀和劍等。傳統的古劍道，叫「劍術」，是武士在戰鬥時所使用的「真實的」武士刀格鬥技術。

劍道與武士的關係密不可分，劍道是由日本武士道發展出來，當然跟歷史、政體和自然環境有著必然關聯。

日本地形狹長多山，易於形成地方割據勢力，加上地域狹窄，相對資源有限，使得地方勢力對內講求協作，對外強調競爭，因此經常發生嚴重衝突，專業的武士階層應運產生。為了克服不適的環境，便於奪取更多生活資源，武士在追求生存的意義和信念時，特別需要培養忠誠、勇猛、遵守規則、重視尊嚴和聲譽的特質，然後再把這些特質融入劍道的技能之中，使其成為進攻或抵禦的武道能力。

到了明治維新時期，社會全盤西化，皇室為了集權而整合各方勢力，在剷除地方割據局勢的過程，不免與武士發生激烈衝突。眼見即將瓦解崩裂的武士集團，武士道將何去何從？武士感到慌恐、無助與不安，當武士手握冰冷的武士刀面對皇室軍隊的重槍重炮，雖然曾勇猛地打過幾次勝仗，最終還是難逃被剿滅瓦裂的命運。

從明治時代頒佈禁刀令後，當時對於劍術這舊時代的包袱紛紛捨棄，但是西南戰爭時，警視廳的拔刀隊屢建奇功，又帶起了軍方對劍道的興趣，這項專屬武士所用的劍道被大力推廣，普及一般民眾，並開始為日本軍國主義效力。第二次世界大戰結束，劍道才從軍事訓練科目中廢止，並朝運動方向發展。從二十世紀的五〇年代開始，劍道被納為純粹的體育運動項目，演變成今日所稱「日本劍道」。

倭刀出鞘，暗室生輝

武士刀

對一名武士來說，刀是武器，一如生命般重要，同時更是武士精神的象徵、身分和榮譽的標誌，普通庶民不被允許佩帶武士刀。平時，刀不能隨便出鞘，「失敗即是勝利」的訓示意味著，對武士而言，不流血的勝利才是真正的勝利。

武士佩刀一長一短，長刀稱「太刀」或「打刀」，短刀稱「脇差」；太刀屬主武器，脇差屬備用武器。按規定，武士臨出門之前，必須先將脇差插於腰帶，然後以右手握太刀，走到玄關處穿上鞋子後，再將太刀插入腰帶。太刀佩帶於左腰，方便右手拔刀。

武士擁刀自重，一旦不小心碰觸到武士的刀鞘，會被視為不禮貌。另則，太刀佩帶左方，即使兩名武士狹巷相遇，彼此的刀鞘也不致相互碰觸。這恐怕是日本人走路靠左的緣由。

武士到他人家中，需在玄關解開太刀，右手握著，再行進入屋內。用左手提刀入屋，示意可能隨

時以右手拔刀，是不信任的表徵。若是先天左撇子，則另當別論。

　　武士刀的興起與形態，從平安後期，經鎌倉、室町、南北朝、安土桃山、江戶時期到幕末的一再推移，出現極大變化；其主要轉變是從直刀到彎刀的變革，直刀適合扎刺，彎刀適宜揮斬。

　　平安末期與宋朝互有貿易往來，文豪歐陽修寫有〈日本刀歌〉，稱：「寶刀近出日本國，越賈得之滄海東。」日本刀製作技術源於兩漢的鋼鐵花紋刀劍，後經不斷改良，形成不論外觀還是實用都具特色的武士刀，就連對日本刀風格大有影響的唐刀在中國已蕩然無存，反倒在日本還有所保存。

　　受宋朝影響頗深的平安時代後期，武士勢力最活躍的階段是從源氏家族源賴義奧州赴任，直到安倍賴時遭到安倍富忠的伏兵襲擊滅亡的「前九年之役」和「後三年之役」時期，武士門第勢力

幕末武士

增大，武士刀開始有了重大發展，其中還出現不同流派的刀工，這個時候的武士刀主要被用於馬上決戰，所以大多為太刀。

平安時代的太刀特徵為：鎬造、庵棟、小切先、京反、前窄後寬、刀形優美。

到了鎌倉時代初期，武士刀的形態和發展與平安末期相似，尤其鎌倉幕府武家政體確立後，刀劍界十分活躍，後鳥羽上皇甚至設置了御番鍛冶，月月召來刀工鍛刀鍛劍，積極鼓勵製刀業。

鎌倉中期，由於重視使用性和實用性，武士刀的刀幅較寬，整體寬窄變化小，刀鋒為豬首切先，刀風剛健，此時，短刀的製作開始興隆起來。

鎌倉時代末期，元軍兩次入侵日本以及原有政體崩潰帶來的社會動亂，使得製刀業愈發繁榮。這時期的武士刀比鎌倉中期風格更加豪放，繼承和發揚了刀幅廣、刀體寬窄，變化小的特點，切先也更長；短刀、刀、太刀都同樣出現比其他時期更長的特點。

南北朝時代，武士刀大量出現和以往不同的大太刀、野太刀的大型刀的形態。

室町時代中期以後，日本刀由刀刃向下佩帶的太刀轉成為刀刃向上佩帶的打刀；由於這時期進入和平盛世，國內刀劍需求量大幅度

幕末豐前中津藩主奧平昌邁

降低，武士刀開始成為貿易商品，被大量生產，因此出現品質粗製濫造的情況。

直到江戶時代，江戶和大阪鍛造業繁榮興盛，各地名刀紛紛湧現，隨著太平盛世持續，武士刀發展成盲目追求華美的刃文，漸漸脫離實用性本質。這個時代的鐔、小柄、目貫、笄等刀具裝飾逐漸發達起來。

古中國明朝洪武年間，錦衣衛在大將軍藍玉的官邸，搜出萬把大和武士刀，朱元璋以謀反罪名逮捕藍玉，並處決萬餘謀反人士；不久

幕末薩摩藩士中原猶介

後，卻見錦衣衛朝儀佩帶繡春刀，奉皇帝令支援明軍作戰時，即使用東廠「兵器司」管轄，購自大和的武士刀。明末崇禎年間，宋應星的著作《天工開物》提及：「倭刀出鞘，暗室生輝。」讚揚日本武士刀。

武士刀發展到德川幕末，基於政體騷亂，武士的社會地位趨於低落，命運不保，以水心子正秀等為中心，主張古刀鍛鍊法復元派，再度將實戰性強的日本刀製作法發揚，此後的武士刀被稱為新新刀。正當製刀業滿懷信心準備再度繁榮「武士刀盛名」之際的 1876 年，明治政府頒令禁止警察、軍人以外的人民佩帶刀劍的「廢刀令」，武士刀從而急速衰退下來。

傳說浪人在天涯

　　武士在古日本稱「侍」，浪人則指失去祿位，離開戶籍地到外地，居無定所，窮困潦倒的流浪武士，也有稱「浮浪」，這些人通常無主君可「侍奉」。江戶時代中期稱浪人為「牢人」。

　　德川幕府統領國政時代，頒佈法令，將社會劃分為「士、農、工、商」四等級，統稱「四民」；四民中的「士」，便是武士，屬統治階級，農、工、商則是被統治的平民。這種藩制使日本社會的統治階層，由以將軍和大名為代表的高級武士，到最下級的足輕（步卒）武士共同組成。

　　德川幕府將武士階層劃分出不同等級：幕府將軍是這個階層的「塔尖」，將軍家豢養許多直屬家臣；將軍之下是諸侯，又稱「大名」。這些大名擁兵自重，獨據一方，各自領地稱「藩國」。大名的家臣，叫「藩士」，藩士又豢養一批家臣和士卒。結果，從將軍到士卒，形成一個龐大的封建武士階層。雖然同為武士，但他們之間的生活水準差異極大，即便同為藩主大名，在江戶和在富山的情況截然不同。

薩摩藩和佐土原藩武士

明治元年的
薩摩藩士

武士人口中占最多數的是中下級人物，他們如
果不能依靠一位有錢有勢的主公，必定生活在窮困
中。江戶時代有則笑話說：「小武士的家裡除了一
條破被褥和鍋子，還必須有一塊大石頭，因為冷的
時候可以舉石頭取暖。」如果小武士依附的主公犯
事被革除，或是主公財政窘困，必須削減人手，低
級武士就此淪為浪人，有的乾脆進入黑幫當打手，
從而讓社會形成不安定因子。

為了避免過多浪人激化社會矛盾，官方便默認
或慫恿充滿野心的浪人對外武裝侵略。明末清初鄭
成功為反清復明，即曾派人到日本借兵，幕府表面
上拒絕，浪人卻私下紛紛請戰，形成日本浪人在清
朝時代四處流竄的現象。

好萊塢電影《末代武士》的導演愛德華‧
茲維克最喜讀「維新三傑」之一西鄉隆盛的
傳記，西鄉出身下級武士，年輕時為了貼補
家用曾做抄寫零工。他的故鄉薩摩（九州鹿
兒島）雖為強藩，七十萬人口之中，武士家
族即占二十多萬，財政困窘。這些底層
武士的生活在鎖國之門被打開後，窮困
潦倒的情形愈加惡化，最後成為維新的主力
軍。

明治維新的重大改革之一是廢藩置縣，即

戊辰戰爭的庄內藩松森胤保　　　　　　德島藩士蜂須賀茂韶

廢除諸侯的封建領主統治權，將其領土收歸國有。其次是改革封建等
級制度，取消武士特權。明治政府這一舉措，使得武士階層迅速瓦解，
其中少數皇親貴族變成政府官僚、大地主、大資本家和銀行家，一批
中層武士變成商人、自由職業者和高利貸主；而廣大的下層武士日趨
沒落，在短期內破產，成為靠出賣勞動力為生的無產者，形成新的浪
人階層，這些浪人群體積極參加各種政治運動，有些為軍部所用，從
事侵略擴張活動；有些無主可侍，還製造連串暴亂，西鄉隆盛即被捲
入其中。

　　漫長而紊亂的武士制度下，高階的貴族武士或低層的窮困浪人，
使得強調儒學、佛學和道學的武士道，形成一個成分複雜的大雜燴。

被無情政體遺棄的武士

明治初期，天皇總攬大權，施行版籍奉還、廢藩置縣、制定徵兵令、廢止大名、武士階級、廢刀令等，意圖國家全盤西化；然而，歷經近千年武士體制的社會，突然面對文明開化、殖產興業政策和征韓論所引發的政爭，導致明治六年一場政變，使西鄉隆盛、江藤新平、板垣退助等人下野，對士族階級帶來極大影響，這些反對明治政府的士族被稱為「不平士族」。甚至，讓幕末殘餘下來的多數武士，一時之間不知該何去何從？

西化開始，造成國家社會動盪，有些武士黯然返鄉務農，有些成為浪人，到處流竄，更多武士後來加入軍隊，成為軍國主義下的殺人魔；面臨悲涼慘境，身為文學家的夏目漱石在他的極短篇小說集《夢十夜》中，以一篇描述「流浪武士的命運」的夢境，針對當代武士遭逢社會變遷所帶來的悲劇命運，提出萬般無奈之嘆。

與明治紀元同年，出生於東京新宿區喜久井町的文學家夏目漱石，是日本近代文學史上享有崇高地位的著名人物，他的人頭像曾被印製在一千元紙

穿戴甲冑的武士

幣上，人稱「國民大作家」。年輕時在松山市、熊本市和東京大學擔任英語教師，更是日本第一批由明治政府選派前往英國深造的公費留學生。著有《我是貓》、《少爺》、《三四郎》等書，對東西方文化均有高深造詣，既是英文學者，又精於俳句、漢詩、書法和小說。他在「流浪武士的命運」如是寫道：

　　這個社會逐漸動盪不安起來，眼看戰爭即將爆發，好比遭遇空襲無處可歸的無鞍馬，不分晝夜地在住家四周狂奔，而走卒們也不捨晝夜地像猛追馬匹一樣混亂。

　　這時，住家呈現一片死寂。

　　家中有個年輕母親與一個三歲小孩，父親出門不知往何方去了。

　　父親是在一個不見星月的深夜離家，他在房裡穿起草鞋，戴上黑頭巾，再從廚房後門離開。那時，母親手持紙罩蠟燈，燈火細長地在黑夜中晃動，映照出離笆前那株古柏孤獨的倒影。

　　父親從此沒再回來。母親每天問三歲的孩子：「爸爸呢？」孩子無言以對。過一陣子，孩子才學會說：「那邊。」母親問孩子：「爸爸什麼時候回來？」孩子也只會笑著回答：「那邊。」這時母親跟著笑開來。

　　母親反覆地教孩子說：「不久就會回來。」可是孩子只學會「不久」這句話。有時問孩子：「爸爸在哪裡？」孩子只答：「不久。」

　　每天夜晚，人聲俱寂後，母親會繫緊腰帶，在腰間插上一把鮫鞘

短刀，用細長背帶將孩子揹在背上，再躡手躡腳從小門溜出去。母親總是穿著草屐，孩子在背上聽著母親的草屐聲，有時不知不覺便在背上睡著了。

穿過一長排水泥牆圍繞的宅邸往西走，再越過陡峭而漫長的斜坡，即可見到一株高大的銀杏樹。以此為目標右轉，往裡走一百多公尺有座神社的石坊。

走過一邊是田圃，另一邊是山白竹叢生的小徑，到達石坊後，鑽進牌坊便是一大片杉林；再走過三十多公尺的石板路，就來到一棟古舊的神社階下。

被風雨吹打成灰白色的奉納箱上，垂掛著一條頂端繫著銅鈴的粗繩，白天來的話，可見銅鈴旁懸掛著一面寫有「八幡宮」的匾額。「八」字像是兩隻對望的鴿子，很有趣。其他還有許多信徒獻納的匾額。多是諸侯臣下在弓賽中獲勝的標的，標的旁刻有射手名字。其中夾有獻納大刀的。

每次躓過牌坊，總可聽見杉樹枝頭上傳來貓頭鷹的叫聲，當然也夾雜著母親那雙破舊草屐的啪嗒啪嗒聲。當草屐聲在神社前嘎然而止，母親會先拉一下銅鈴，再蹲下身擊掌合十。

這時，貓頭鷹通常會停止鳴叫，母親趁靜全心全意祈求丈夫平安無事。母親認為，夫君是武士，

因此在弓箭之神的八幡宮祈求，應該沒有不靈驗的道理。

　　孩子常常被鈴聲驚醒，睜開眼看到四周一片漆黑，有時會在背上突然嚎啕大哭。這時，母親嘴裡一邊禱告，一邊搖哄背上的孩子；孩子有時安靜下來，有時哭啼得更厲害。不管是安靜或哭啼，母親都不會放棄禱告。

　　等到母親為丈夫祈禱完畢後，會解開腰帶，把背後的孩子放下，抱到胸前，再登上拜殿，一面哄著孩子說：「乖孩子，你等等喔！」一面用臉頰撫弄孩子的臉頰，然後把細長腰帶的一方綁在孩子身上，另一方綁在殿前欄杆上，步下階梯，走到三十多公尺長的石板路，來來回回拜祭，踏上一百次。

　　被腰帶綁在拜殿上的孩子，在黑暗的廊道，用帶子所能伸展的長度四處爬動，這種時候，對母親來說是最輕鬆的時刻。但，若是孩子哭得驚天動地，母親就會焦慮萬分，她那踏石板的腳步就顯得急促許多，時常上氣不接下氣。一旦真沒辦法，只得半途而廢從石板路回到殿廊，把孩子哄安靜後，再下去重踏一百次。

　　如此讓母親日夜牽掛，夜晚不能安眠的父親，其實早就因流浪武士的身分在戰爭中喪命了。

　　這個悲慘的故事，是母親在夢中告訴我的。

　　這個夢，夏目漱石是否想傳達明治初期，武士被征召當義勇軍前往戰場為天皇效命，妻子夜夜在神社祈求夫君平安歸來的悲愴靈魂？武士變軍伕，演繹明治維新一段悲劇歷史，讀來辛酸不已。

殉死的瞬間與美相遇

乃木希典

切腹自盡者在日語稱「切腹人」，如果這個人是為主公而自戕殉死，則稱「追腹」。切腹後的自戕者未必立即死亡，為了減輕激烈的痛楚，必須找來刀法高明的「介錯」者，在最難承受的那一刻，以武士刀將切腹者斬首。

切腹是平安時代以後才廣為流傳的自裁法，989 年，大盜藤原義在被捕之前，將自己的腹部一刀切開，然後用刀尖挑出內臟扔向官軍，這種自戕法，被認為是日本最初進行切腹的人。封建時期，武士如果被主公賜死，斬首懲治，武士寧以切腹，視為最具尊嚴的死法。

戰國時代和江戶時代初期，切腹者直接在腹部切開十字形狀，扯出內臟，直至滴血盡失死亡，這種切腹法稱為「十文字切」。史載，最後使用十文字切方式自殺者，是 1912 年為明治天皇殉死的乃木希典大將。這種自決方式難度過高，所以後來發展為在腹部劃開一刀後再由介錯斬首。

介錯者通常為切腹自戕者的至親好友，武士如果敗仗但輸得光榮，對手會為了向其勇氣致敬，自

三島由紀夫和「楯之會」四位成員

願擔當介錯人。

　日本近代最著名的一次切腹自戕事件，即是造成舉世轟動的文學家三島由紀夫的自決。

　聲稱為找回古人純樸堅忍的美德與精神，成為真正武士，並保存傳統武士道精神和保衛天皇，而在 1968 年組織民間防衛團體「楯之會」的三島由紀夫，於 1970 年 11 月 25 日上午，攜帶《天人五衰》原稿到新潮文庫出版社交付給主事者後的午前十一時，帶領「楯之會」四位成員：曾就讀早稻田大學教育學部的森田必勝、神奈川大學法學部的古賀浩靖、神奈川大學工學部的小賀正義、明治大學法學部的小川正洋等，前往位於東京都市ケ谷的日本陸上自衛隊東部方面總監部，假借「獻寶刀給司令鑑賞」為名，進入二樓總監辦公室內，將自衛隊總監師團長綁架為人質，並加以軟禁；接著，使用武士刀和短刀，把大約八、九名發現異狀的自衛隊隊員擊退之後，隨即要求在總監師團長辦公室陽台，打算進行兩小時的演說。

　事出突然，市ケ谷陸上自衛隊東部方面總監部的現場立即被封鎖

起來。

　這時，三島在額際繫上事前寫妥「七生報國」字樣，並繪有日本丸圖案的白色頭巾，手持武士刀，登上總監師團長辦公室陽台，面對樓下廣場八百多名自衛隊軍士官發表「勤王」演說，呼籲「真的武士」隨他發動軍事政變，推翻否定日本擁有軍隊的憲法，使自衛隊成為真正的軍隊，以保衛天皇和日本傳統，他說：「你們知道嗎？日本因經濟繁榮而得意忘形，精神卻是空洞的。」還強調：「放棄物質文明的墮落，找回古人純樸堅忍的美德與精神，成為真正的武士。」但是沒有人回應，甚至有人大聲咆哮，嘲笑三島是個瘋子。

　原本預計兩小時的演說，因為廣場上的群眾譁然叫囂，迫使他不得不在進行未及五分鐘的混亂場面後，也即接近正午時刻，停止演說，黯然神傷的回到室內。這是三島由紀夫始料未及的結果。

　三島返回總監師團長的辦公室，隨即在總監面前跪下，然後按照傳統武士自戕儀式，脫去「楯之會」制服，用白布將預備切腹的部位，一圈又一圈緊緊裹住，準備開始切腹動作。

　三島從策劃這次善意綁架總監師團長到演說那一刻，早就研擬定周詳計劃，他和「楯之會」成員密集討論當天的行動腳本，甚至訓練成員如何挾持

總監。展開行動當天，成員們甚至在「楯之會」本部詠唱辭世之句，才出發前往自衛隊東方總部；據稱，三島在行動之前，還從醫生那裡學習切腹和介錯比較不會痛苦的刀法。

三島切腹自盡的動作正準備開始之際，總監勸阻「快住手！快住手！」的悽厲叫喊聲，震驚辦公室，三島不為所動，握住短刀，口出「天皇陛下萬歲」，瞬間「啊」地大喊一聲，短刀毫不猶豫地往肚臍下方 4 公分左右刺入，由左向右橫切十四公分左右，深四公分，腹部立即割出一道血水不斷滲出的傷口，肚腸當場從切口處滑落出來。

這時，年僅二十五歲的學生會長森田必勝，被指定擔任介錯任務，他手中緊握著名的「關孫六」刀，從三島頸部猛勇揮下，遺憾的是，第一刀並未順利砍斷頸椎骨，再砍一刀，也都無法快速斬下頭顱，「關孫六」刀像鋸子似地在三島的頸項上來回拖拉，使他痛不可忍，催促森田動作要快，「再砍！再砍！用力！」三島沉吼低呼的叫道。直到第三刀後，三島再也難忍痛楚，試圖咬舌自盡，最後改由「楯之會」另一名學員，曾經學習過居合道的古賀浩靖，繼續執行未完成的介錯任務，這次終於順利完成。此時，三島屍首異處，整間辦公室濺滿斑斑血跡，現場一片狼籍。

擔任三島切腹介錯人的森田必勝，原本是劍道高段能手，不知是「關孫六」刀出了問題，還是因為森田兼及三島愛人的身分，不忍下手，致使三島切腹自盡的過程，哀號痛楚，慘不忍睹。

三島介錯身故未及片刻，森田必勝也跟著在三島身旁切腹，這次，仍由古賀浩靖執行介錯任務，古賀刀法俐落，一次解決。隨後，「楯之會」成員將三島和森田的頭顱並列放在一起，兩人以名副其

實的同生共死的意志，完成「殉道」。時年，三島四十五歲，森田二十五歲。

三島和森田接續自戕後，剩下的三名「楯之會」成員旋即將總監鬆綁釋放；這時，機動部隊才迅速抵達市ケ谷總監部，衝進辦公室，將站在原地哀慟哭泣的三名「楯之會」成員逮捕；眼見地毯、牆壁、家具，到處濺滿腥紅血跡，一代文學勇將，自此魂歸離恨天。

最後，這三名「楯之會」成員被依「委託殺人罪」各判處四年有期徒刑。

說過「很久以前，我就想過我要以做為一名武士而不是一個文士死去」的三島由紀夫，出發前往市ケ谷總監部之前，曾面對「楯之會」近百名成員，發表了一場「找回武士道靈魂」的演說，這場語重心長的演說，誠懇而激烈，明示所有成員要做個真正的日本男人、做個甦醒過來的武士，抱持「殉道」精神，不懼死亡，維護日本國體。

光榮與淒美的武士戰役

　　繼戰記物語、和歌等文學作品和能劇，以藝術形式呈現武士道精神之外，日本的電影、電視劇、動漫、電玩，後來都相繼成為武士道精神的承載者。

　　日本電影和電視戲劇中有大量元素講述武士物語，或者彰顯歷史上著名劍俠浪人的武功，或者頌揚守德武士的情操，甚或譴責放棄武士精神的人必遭惡報的傳奇故事。

　　以武士和戰國時期為背景的戲劇通稱「時代劇」，時代劇主要敘述歷史事件和人物，展現當代武士、浪人、農民、工匠、町人的生活狀態。

　　電影或電視的時代劇有時又被稱作「劍劇」，大多數時代劇是以戰國時期、江戶時期為故事背景，但也有劇作把劇情設定在更早時期，《地獄變》就是以平安時代後期為背景。其他如：

太秦映畫村展示《水戶黃門》的映畫海報

《近松物語》、《椿三十郎》、《羅生門》、《水戶黃門》、《暴坊將軍》、《影武者》、《眠狂四郎》、《盲劍客》、《鞍馬天狗》、《丹下左膳》、《宮本武藏》、《柳生十兵衛》、《忠臣藏》、《新選組》、《七武士》、《戰國英豪》、《末代武士》、《蟬時雨》、《黃昏清兵衛》、《天地人》、《大奧》、《平清盛》、《一命：武士之死》等數以百部、千部計的武士戲劇，無非呈現武士道精神，以及傳頌深化民心的「大和精神」。

黑澤明・影武者

　　影武者是指戰國時代武將、大名的替身，利用相似的面貌身形，穿著相同服裝，以掩飾主公的行蹤或生死，達到混淆敵人耳目為目的。著名的影武者有甲斐國大名武田信玄之弟武田信廉、越後國大名上杉謙信的荒川長實等。此外，真田幸村亦曾使用「真田七影武」的戰術，在戰場上派遣七人做其替身，混淆敵陣營情報，也是著名例子。

　　現今「影武者」之意，喻為聲東擊西擺脫監視者；日語中有「傀儡師」之意。曾寫過「既然四海之內皆兄弟，為何外面風雨總不停」詩句的明治天皇，是否也是明治初期意圖廢除傳統武士道、發動日清戰爭、日俄戰爭的「影武者」呢？

黑澤明導演的《影武者》電影海報

武田信玄畫像

　　1980 年出品的電影《影武者》，為日本著名導演黑澤明以眾多武士為題材的創作之一；曾獲坎城影展金棕櫚獎和英國電影學院獎最佳導演獎，並獲提名入圍奧斯卡最佳外語片。

　　《影武者》用戰國走向統一過程為背景，以一名影武者為縮影，呈現當代戰爭。「甲斐之虎」信玄運用險象環生的戰術「坐如山」，顧及安危，需要使用替身，而他的替身被稱為「影武者」。

　　弟弟武田信廉身當信玄的影武者多年，不意在鎌成河畔的刑場，發現一名將被判處死刑的竊賊，竊賊長相酷似信玄，信廉便引薦為影武者。後來，信玄在一次攻打織田與德川聯軍的戰役中，被敵方一名小卒以火繩槍擊成重傷，為安穩軍心並防敵軍來襲，信玄臨死前吩咐重臣，對外隱瞞死訊三年，由竊賊續扮信玄，掩人耳目；該名竊賊原本不願再扮影武者，但目睹敵軍來勢洶洶，又感於信玄不殺之恩，便主動表示願意效力。

　　以影武者之身充當信玄的竊賊，其一言一行都受到嚴格限制與監視，除了少數重臣之外，所有人都把他當成主公信玄，對他敬畏有加。「影子」逐漸入戲，竊賊的內心逐步以「真正」的主公自居。他和信

玄的孫子培養出深厚情誼，在戰情會議上發表意見，更在一次是否出戰的議論中，發號施令，最後扭轉戰局。

他的行為遭到詳知內情的信玄之子武田勝賴極度不滿。三年之約屆滿，影武者不慎洩露身分，眾人遂將他驅逐出城，不久，武田信玄的死訊終於公諸於世。影武者雖然被驅逐，但內心已經深刻烙印著對國家的責任，懸念家國興亡。眼見武田勝賴莽自出兵，打算挑戰織田信長與德川家康的聯軍，他的內心煎熬萬分，卻一點也使不上力，最後眼睜睜看著武田家的精銳部隊在長篠戰役全軍覆沒，武田家自此衰亡，身為影武者的竊賊，最後跟著「風林火山」的旗幟隨波漂流湖中。

《影武者》的演員包括飾演武田信玄和影武者的仲代達矢、飾演武田信廉的山崎努、飾演武田勝賴的萩原健一、飾演織田信長的隆大介、飾演德川家康的油井昌由樹等人。

黑澤明・羅生門

一名武士陳屍在竹林中，死因不明；案件披露後，檢非違使（古代官名，類似檢察官）召集了與該案互有關聯的七個人加以訊問，情節發展中，七個嫌疑犯的證詞都以告白形式表現；最早發現屍體

的樵夫、路過的僧侶、辦案的官差、被捕的強盜、懺悔的妻子、借靈媒之口出現的武士亡靈等，每個人的說詞都具說服力，但各執一詞、相互矛盾，使案情陷入膠著，撲朔迷離，真相始終隱匿於京都山科的一處竹林中。

這部改編自芥川龍之介的小說《羅生門》和《藪の中》的電影，每個角色各說各話，得不出真相，唯一能肯定的是，每個人都藉由說謊來展現理想中的自己，以掩飾軟弱的一面。武士的說詞，顯示他想保持士族形象，與其被殺，不如自盡才是武士精神；至於女人，她意在顯示貞操的形象，因不甘受姦淫之辱而把丈夫殺死後打算自殺，表現出被汙辱的只是肉體，靈魂仍是貞潔無瑕。強盜多襄丸則表現出武藝強者的形象，武士不過是跟他在汰弱留強決鬥下的敗將。

導演將嫌疑犯的各種說詞，呈現出「那裡有軟弱，那裡就有謊言」，以及善惡無非只是一線之隔的「人心是個黑暗迷宮」的哲思。

本片於 1950 年由黑澤明導演，榮獲 1951 年威尼斯電影節金獅獎、威尼斯影展義大利人影評獎、美國國家評論獎。主要演員有三船敏郎、京町子、森雅之、志村喬等。

黑澤明 · 七武士

電影《七武士》日本片名叫《七人の侍》，1954 年黑澤明的代表作之一，榮獲當年威尼斯影展銀獅獎。劇情背景為幕末明治初期。這部電影後來又被好萊塢改編拍成《荒野七鏢客》，由尤伯連納和詹姆斯柯本領銜主演。

故事描述戰爭年代，隨處可見流浪武士落寞的身影，以及失去土

地的農民的哀號聲。流浪武士窮途末路淪為山賊，所到之處掠奪農民的糧食與女人，農村成為山賊取得糧食的重鎮。

村落的農民無法忍受山賊為非作歹，就在長老的主張和建議下，有三位男人站出來，表示願意去尋找可以協助他們擊退山賊的武士。

三位農民沒有多餘的金錢招募武士，只能用白米做為交換條件，因此，饑餓的武士便成為他們索求的目標。三個人來到繁華的賀儀街，這裡流竄各式各樣的流浪武士，尋找許久，找來的武士，幾乎都在吃飽喝足後揚長離去，不願挺身相助，只有熱心的年輕武士岡本勝四郎願意留下，唯一被他們相中的島田勘兵衛因為無心戰事而拒絕邀請。

事有轉機，命運的鎖鏈編織這些人不期而遇，後來，七個武士終於在村落集結，用盡最大的力氣和武術，與山賊鬥智鬥勇，最終殲滅四十名山賊，武士也僅存三人。電影於農民和武士傳達勝利的喜悅後，繼續陳述武士蒼涼的命運。尤其，當農民歡喜的下田插秧，渾然忘卻七武士時，倖存的勘兵衛感歎的對七郎次說：「我們又失敗了，農民才是勝利者，不是我們。」

武士、農民和命運，構成《七武士》糾結亂世中「武士道」丰姿璀璨的一面。

北野武 · 座頭市

　　盲劍客座頭市是一位雙眼失明的浪人，平時靠賭博維生，但在平凡的外表下，其實是一位精通劍術的武士高人，尤其以閃電般速度和驚人準確度的刀法而聞名。比武時不用眼觀，僅憑風聲而知敵人何在？聞人氣而知對方生死。

　　為了避開一群險惡之徒和武士高官追殺，座頭市流浪到一個充滿貪贓枉法、地痞流氓遍布的污穢小鎮。在那裡，他遇到了另一位武士服部源之助，源之助為了支付妻子的醫藥費而誤為犯罪集團工作；繼而又認識了一對雙親被殺的姊弟，這對姊弟為報父母冤死之仇而假扮藝妓；座頭市受其影響決定以暴制暴，用他過人的劍術替姊弟復仇，於是展開一場血腥的追逐戰鬥。

　　這是十九世紀幕府時代的日本，在資本主義萌生出貪贓枉法的小鎮，所發生的民間傳說故事。

　　盲劍客象徵武藝高強的凜然武士，鏟奸去惡，為民除害。這種表現暴力美學的電影給觀眾予強烈的感官刺激，被列為日本武俠動作片的傑出代表。

　　新銳導演北野武於 2003 年重新翻拍「座頭市」，並自導自演座頭市一角，劇情結尾時，小鎮村民以現代舞樂方式表達地痞流氓被座頭市趕盡殺絕的歡呼聲，撼動人心，為全片畫下歡樂休止符。這部影片榮獲 2003 年威尼斯電影節最佳導演銀獅獎，知名服裝設計師山本耀司和黑澤明的女兒還為電影負責服裝設計。

艾德華茲維克 ・ 末代武士

《末代武士》主要傳述武士道精神，以 1876 年到 1877 年，日本西南戰爭中的西鄉隆盛和明治維新為背景；電影由《光榮戰役》的導演艾德華 ・ 茲維克執導，日本演員渡邊謙飾演勝元盛次、美國演員湯姆克魯斯飾演納森 ・ 歐格仁。故事敘述：

曾參與美國南北戰爭和北美印第安戰爭的退伍軍人納森 ・ 歐格仁上尉，有感於戰爭充滿血腥與暴力，特別是親眼目睹長官屠殺手無縛雞之力的印第安兒童，更覺身為軍人的恥辱。退役後，鎮日沉浸在昔日光榮與夢魘的混沌中只能借酒澆愁。

一個偶然機會，他被推薦給日本新政府的要臣大村松江，受聘為軍事顧問，協助訓練明治維新後第一支現代化軍隊。時當明治維新初期，國家饑渴似地朝西化前進，全力訓練現代化軍隊，力求國富民強，成為主要目標，相對於揚棄古老的傳統文化，包括廢除武士道等，便形成新的社會問題。

維新政府的政策遭到大多數保守派武士強烈反對，保守派力爭維護武士精神，不願淪為現代化的殺人機器。於是，保守派成員在武士集團勝元盛次的帶領下，隱居到深山小村落，企圖尋找機會破壞新政府的西化運動。

某一天，新來乍到的納森 ・ 歐格仁接到大村命

《武士の一分》
DVD 封面

令，要求他帶領部隊將破壞鐵道的武士集團徹底剿滅。納森・歐格仁帶領一支訓練不足的部隊，去到村莊外的森林中和武士集團交戰；激戰之後，缺乏洋槍洋炮作戰經驗的「現代化」部隊被擊敗，傷亡慘重。納森・歐格仁被勝元俘虜。勝元非但沒將他處死，反而帶他回到村子，並派妹妹多香照顧他。納森・歐格仁在與勝元的對話中得知，多香的丈夫於戰鬥中死去，而殺死多香丈夫的人竟是自己。

寒冬到來，大雪封閉村落聯外通路，身處在武士村落，納森・歐格仁與武士、村民朝夕相處，從武士道的精神與修煉中，發現身為軍人應有的榮譽感。雖與村落人產生惺惺相惜的感情，但身為訓練明治政府官軍的西洋教官，他和這個已然深愛的村落仍為敵對關係。

冬雪溶化，春日將至，維新政府為現代化進程，不免需要徹底滅絕武士集團，但對深愛武士道的納森・歐格仁而言，他該如何面對這一場「武士情感」的戰爭？

山田洋次・黃昏清兵衛

電影《遠山的呼喚》導演山田洋次以武士為題材，改編拍過藤澤周平的小說：木村拓哉飾演新之丞的《武士の一分》（武士的一分）、真田廣之飾演清兵衛的《たそがれ清兵衛》（黃昏清兵衛）和永瀨正敏飾演桐宗藏的《隱し劍 鬼の爪》（隱劍鬼爪）等。

《武士の一分》，新之丞是個下級武士，職責是為藩主試菜以防主公中毒。某次，新之丞意外失去眼睛，一度想自我了斷，幸好加世阻止。後來新之丞發現對他伸出援手的島田，威脅加世跟她幽會，身為武士的新之丞無法容忍妻子為金錢出賣愛情，決定重執刀劍，誓言

向島田索回武士的尊嚴。

　　《たそがれ清兵衛》，清兵衛是幕末的下級武士，妻子病逝後，父兼母職，每天工作後立刻回家照顧幼女老母，同僚在背後譙稱他「黃昏清兵衛」。一天，兒時玩伴朋江於解除婚姻後前來造訪，並代為操持家務，朋江之兄建議清兵衛娶她為妻，他自覺身分卑微而拒絕，朋江自此未再上門。清兵衛精湛的劍術傳到主公耳裡，主公指派給他一個剷除叛徒、生還機會渺茫的任務，臨行前，他向朋江表白愛意，未料她卻適巧答應某人提親，清兵衛只好鬱鬱寡歡「單刀赴會」。

　　《隱し劍 鬼の爪》，桐宗藏為迎接新時代到來，拋棄最愛的武術，學習背離武士精神的洋槍炮。某日，輾轉得知嫁為人婦的青梅竹馬喜惠備受夫家虐待，幾經思慮，決定把她帶回家照料，兩人塵封已久的感情緩緩燃起……這時，他奉命追捕師兄弟彌市郎，宗藏身為日本最末一代的武士，感到無限悲哀，面對新環境衝擊、喜惠的感情以及與彌市郎之間的恩怨，他將如何面對和抉擇？

《隱し劍 鬼の爪》
DVD 封面

《たそがれ清兵衛》
DVD 封面

第二話

足智多謀平忠盛

——平安時代「平家武士集團」首領

武士活著，
只要認清自己的本分。

——平忠盛

桓武天皇後裔‧伊勢平氏

1096 年出生三重縣伊勢平氏的平忠盛，平安時代末期武士，同時也是開啟日本武士集團治國的權臣平清盛的養父。

史載，平忠盛的祖先，乃第五十代桓武天皇第五皇子一品式部卿葛原親王第九代後裔。葛原親王的兒子高見王一生無官無職，其子高望王被賜姓平氏，授以上總介官職，從此脫離王室，降為人臣。其子鎮守府將軍良望，改名國香。自國香至刑部卿忠盛，歷經七代，雖被任命為各地國司，卻未蒙恩准列入殿上人的仙籍。

平忠盛畫像（江戶時代菊池容齋畫）

平忠盛之父贊岐守正盛曾擔任白河法皇的北面武士，討伐源義親之戰後聲名顯著，並和河內源氏的源義忠聯姻得勢。憑藉父親關係，平忠盛十三歲成為左衛門少尉，兩年後成為檢非違使，負責京都治安工作。天永四年（1113）捕獲盜賊，同年又成功阻止奈良興福寺僧眾騷亂，受法皇讚賞，將寵妃祇園女御賜給他。

保安元年（1120），擔

平忠盛（月岡芳年繪）

任越前守之際，越前國發生殺人案件。兇手為日吉大社一名神人，被平忠盛逮捕，押往檢非違廳途中被延曆寺僧兵劫走。白河法皇支持平忠盛，逮捕劫囚僧兵。此後平忠盛獲得升殿許可，並娶藤原宗子為正室。

鳥羽上皇執政期間，平忠盛多次討伐海賊，屢建功績。天承二年（1132），奉上皇之命建造「得長壽寺」（現今三十三間堂），供奉一千零一尊佛像，得到內升殿許可。武士進殿，這在當時可是前所未

有，因此受殿上人忌恨，試圖在五節會殺死平忠盛；忠盛獲悉消息，尋思道：「我生於武勇之家，並非文弱之吏，若遭受意外之辱，於家於己，都是憾事。古人云：當保全性命以報效君王。應預先做些準備才是。」當他進宮時，便帶了把短刀，隨便掛在朝服腰帶。進了殿堂，在火光幽暗的地方，緩緩拔出刀來，舉至鬢邊，那刀發出冰霜一般的寒光。公卿大臣見了，不禁膽寒。

又有平忠盛的從卒平家貞，他是同族木工助平貞光之孫，進三郎大夫季房之子，任職左兵衛尉，身著淡藍色狩衣，繫著淺黃腰甲，掛著拴有弦袋的大刀，在殿上的院子規規矩矩伺候，護衛忠盛。藏人頭

以下的人看見他覺得奇怪，便叫六位藏人過去問他：
「那空柱附近鈴索旁邊，穿著布衣的人，你是幹什
麼的？怎麼能進來，趕快出去！」家貞恭敬地答道：
「聽說今夜有人要暗害我家主公備前守大人，為了
看個究竟，特在此守候，不能出去。」這樣說了，
仍舊跪坐那裡。那些殿上人見狀，認為形勢不利，
當夜就沒下手。

　　當平忠盛被召至御前起舞時，殿上人叫道：「伊
勢平氏原本是醋瓶子！」話說，平氏本是桓武天皇
後裔，有段時間未住京城，不被列為上殿之人。因
久住伊勢，所以殿上人假名於伊勢津市出產只能盛
醋的粗劣瓶子，便稱伊勢平氏「醋瓶子」（平氏和
瓶子，日語讀音相
同）。又因忠盛兩
眼一大一小，人
們借諧音嘲為醋瓶
（兩眼大小不一與
醋瓶的日語讀音相
同）。

　　平忠盛雖氣
憤，卻無可奈何，
就在歌舞結束前，
悄悄退出御殿，行

平忠盛畫像

至紫宸殿北廂，故意當著殿上人的面，將腰間掛著的短刀交給主殿司女官，便走出去了。家貞一見，急切問道：「情況如何？」待要告訴他受辱情況，又怕他會拔刀上殿，於是平忠盛回答：「沒有什麼事。」

五節會一過，所有殿上人一齊向上皇參奏道：「根據歷代法度，必須經過上皇特許，才可帶刀參加公宴，或帶武裝衛士出入宮禁。如今朝臣忠盛，把自家扈從，帶甲武士，擅自召進內庭；自己也帶刀參加節會，這兩件事都是對皇上不敬的大罪。兩案並發，罪責難逃，請皇上削去他的殿上仙籍，罷免他的官職。」

上皇聽了公卿大臣參奏，非常驚異，遂傳平忠盛前來詢問。忠盛答道：「從卒在殿庭侍候的事，微臣並不知情。但近日聽說有人謀劃加害於我，跟隨我多年的家人前來相助，免得我遭受意外之辱，所以私自進來，忠盛事先不知，無從加以阻止，倘若此舉有罪，可立召此從卒前來。至於短刀，當時已交予主殿司收存，請皇上降旨提取驗看，查明真相，再行定罪。」上皇認為忠盛說得有理，即命人提刀驗看。原來刀鞘表面塗漆，裡面卻是木刀，只是貼著銀箔。上皇說道：「為免當前的恥辱，做出帶刀樣子，為預防日後責難，又帶了木刀；心思細密，誠屬可嘉。凡以弓矢為業之人都該有這樣的計謀。至於從卒進殿庭侍候，那是武士侍奉主人的習慣，並非忠盛過失。」如此一說，平忠盛並未受到處分，反而得到上皇嘉許，日後備受重用。

此後，平忠盛的官職不斷升遷，最高官位是正四位上刑部卿；一生轉任數國國守，積累大量財富、威望和政治根基，為日後平清盛建立平氏政權奠定基礎。仁平三年（1153）積勞成疾辭世，養子平清盛繼任平家總舵大位。

平氏發祥地

三重縣津市平氏發祥地立碑和忠盛塚

伊勢平氏發祥傳説地
和忠盛產湯池

古書論及平氏原為五十代桓武天皇之子葛原親王、萬多親王、仲野親王和賀陽親王的子孫，長期居住於舊稱伊勢，現稱三重縣津市，故有伊勢平氏等於平家之喻。

三重縣位日本列島中央，紀伊半島東端，右臨太平洋，距離名古屋很近，無論從京都、大阪出發前往三重縣，交通都很便利。臨太平洋的海岸線長約一千公里，可觀賞美麗的裡亞式海岸，風景秀麗。

津市是三重縣縣廳所在地，位於伊勢平原中部，面向碧波浩瀚的伊勢灣。津，是港口之意。

津市被歷史學者認為是平氏發祥地，轄區內立有發祥地石碑和忠盛塚。鄰近市鎮有鳥羽港、真珠島和伊勢神宮等著名景點，以及上野市的上野公園。上野市為著名俳人松尾芭蕉出生地，這裡同時是「伊賀流派忍術」發祥地。上野公園內，尚保留有「忍者小屋」供人參觀。

地景位置：
三重縣津市。搭乘火車到三重近畿日本鐵道津新町車站下車，站前直走約四千公尺或搭三重巴士至忠盛塚站下車。

大和民族的總氏神伊勢神宮

三重縣伊勢市伊勢神宮

　　伊勢神宮係指位於三重縣伊勢市，坐落在伊勢宇治五十鈴川畔，又名「內宮」的皇大神宮，以及坐落在伊勢山田原，又名「外宮」的豐受大神宮；包括別宮、攝社、末社等一百二十五家神社的總稱。

　　內宮祭祀的神祇天照大御神是大和民族總氏神，也是日本自古以來，供奉皇室家族靈位的最大神宮。占地廣大的內宮，分佈有兩千多年前起即已開始供奉的天照大御神的正殿、神樂殿等神社拜殿，以及種植天然杉樹、米櫧、楊桐、扁柏等神聖林。

伊勢神宮

地景位置：
從近畿日本鐵道鳥羽線五十鈴川車站，或由外宮、伊勢市車站或近鐵宇治山田車站，再轉乘公車約十五到二十分鐘即可抵達；或者搭乘 JR 東海參宮線到近鐵山田線伊勢市車站，步行約五分鐘一樣可到達神宮。

三重縣伊勢神宮

　　伊勢神宮保存有象徵日本皇權三神器之一的八咫鏡，《日本書紀》記載，天照大神在天孫降臨之際，曾下詔書：「視此寶鏡，當猶視吾。可與同床共殿，以為齋鏡。」鎌倉初期著名的戰記小說《平家物語》述說同為三神器之一的天叢雲劍，在源平最終戰役「壇の浦之戰」，隨著時子懷抱安德天皇一起沉入下關海底。

　　伊勢大神宮地位崇高，在平安時代成書的世界最早長篇小說，紫式部著作的《源氏物語》經常提及，所有當時要進宮任職的女性都得

到伊勢神宮參拜、齋戒，名為「齋宮」。

　　神宮的外宮從一千五百多年前，即供奉守護產業的豐受大御神，其建築規模與樣式跟內宮大致相同，但在以長木和鰹木交叉建造的屋脊裝飾，仍有細微差異。

　　伊勢神宮是伊勢市的觀光重鎮，西元前二年開始開放的內宮，為一座皇室專用神殿，平民不被允許入內參拜，直到十二世紀始開放部分，隨之，神宮前的商店街「門前町」跟著發展起來，每年參拜者約在八百萬人次以上。

　　神宮的神殿離地約二層樓高，採用「神明式」建築，咸認日本神殿建築風格最古老者。

　　每隔二十年重新翻修神殿所舉行的「式年遷宮」和「遷宮祭」祭典，自古承傳至今；參拜神宮時，必須先經過內宮大門的宇治橋，宇治橋被認定是俗界和聖界的分野處，過橋時規定須靠右行，河畔設有「御手洗」，參拜者在這裡淨手後才能前往正宮。習慣上，參拜者都從外宮開始，再前往正宮。

　　神殿構造中，以呈勾玉形狀的勾玉池的菖蒲為著名賞景點，賞花期約在每年五、六月。到伊勢神宮參拜，走在碎石參道，油然升起一股野竹上青霄的安然適意。

水鳥飄遊浮波上

三重縣鳥羽市

從伊勢市伊勢神宮到鳥羽市不遠，搭乘近鐵約三站，是過去從鳥羽到伊勢神宮參拜者的唯一水路。

鳥羽市位於三重縣志摩半島東北部，面臨伊勢灣的港市；十七世紀做為統治者九鬼氏的城下町而繁榮起來。西與伊勢市，南與志摩市銜接，以牡蠣養殖業、真珠女海底採珍珠，以及「養珍珠」聞名於世。鳥羽市曾是志摩地區政治、經濟與文化中心，平成初期，經行政區變革後，其地位被伊勢市取代。

鳥羽城是位於現今鳥羽市近鐵鳥羽站和佐田浜港的一座古城。幕府時代，鳥羽藩的藩廳便設在這裡。日本著名文學家三島由紀夫的小說《潮騷》即以此和鄰近的神島為故事背景地。

過去被喻為「水軍之城」的鳥羽，因為鳥羽城大手門偏向海的一面突出，因而才會有「鳥羽の浮城」的稱呼。此外，由於鳥羽城臨海的一面呈黑色，近山的一面被塗成白色，所以又被稱「二色城」或「錦城」。當前所見鳥羽城僅剩一片重建中的遺址舊地；爬上城址舊地，可見鳥羽港開闊海岸，景色宜人。

地景位置：
可搭近畿日本鐵道至鳥羽站下車，鳥羽城舊址與真珠島就在附近。

鳥羽港邊的城山公園

鳥羽港

往鳥羽的急行列車

御木本幸吉真珠島

三重縣鳥羽市真珠島

「御木本幸吉真珠島」是首位養殖珍珠成功的實業家御木本幸吉私人擁有的小島，位於近鐵鳥羽站出口附近。

明治時代以來，養殖珍珠即是日本引以為豪的發現之一。由 1859 年出生鳥羽大里町的御木本幸吉，於明治二十六年（1893）在當時的相島首次成功養殖珍珠，這座銜鄰海岸的小島，也即現在所稱的御木本幸吉真珠島。

真珠島為鳥羽市觀光休閒中心，從 JR、近鐵鳥羽站步行五分鐘可達；其中，「真珠博物館」常年展出珍珠生成、珍珠養殖介紹，暨陳列展示以珍珠製作的工藝品。

美麗的鳥羽港灣，經常表演穿著「磯著」全白潛水服，叫「海女」的女潛水員，進行傳統徒手潛水採集珍珠作業的實際情況。當然，真珠島上還銷售珍珠產品。珍珠在台灣稱「珍珠」，在日本稱「真珠」，兩者所指的東西一樣，都

地景位置：
可搭近畿日本鐵道至鳥羽站下車，鳥羽城舊址與真珠島就在附近。

真珠島主人御木本幸吉雕像

位於鳥羽港邊的真珠島

真珠島

是價格昂貴的珍寶。

　　從鳥羽市東南的今浦到鵜
方的志摩半島東岸，接連石鏡、
畔蛸等漁村，海岸線經常活躍著
一批潛入海底捕撈鮑魚和海藻的
海女。沿岸擁有不少可以品嘗到
海鮮的餐館。

情牽戀繫夫婦岩

三重縣伊勢市二見浦夫婦岩

二見興玉神社鳥居

地景位置：
到二見浦夫婦岩可從 JR 伊勢市車站搭乘參宮線電車，約八分鐘抵達二見浦造型新穎的車站；或從鳥羽車站搭乘公車至二見浦夫婦岩站下車即達。

三重縣伊勢市臨海處，有一段碧海藍天的美麗海岸，被取了個使人好奇的地名「二見浦」。二見浦沿岸的神前海岸，也即伊勢灣五十鈴川出海口形成的三角洲地帶，有一處名勝「夫婦岩」；傳說，古時欲往伊勢神宮參拜，必須先到二見浦潔身靜心，並祈願沿途平安。

依據《日本書紀》所言，跟伊勢神宮成立初始一樣受到萬民祭祀，以及做為「龍宮」入口的「夫

婦岩」，坐落在海上嶙峋的岩礁旁，彰顯出一大一小的兩塊岩石，男岩十一公尺、女岩四公尺，依近岸邊，終年浮現；篤信愛情的信眾，很早以前，便在雙岩之間以一條粗麻繩牽繫纏繞住彼此，這是用來見證相依相伴的相愛夫婦為象徵的結緣地。沿「夫婦岩」岸邊步行約七分鐘，豁然可見主祭猿田彥大神、宇迦御魂大神和綿津見大神的「二見興玉神社」，參拜戀情成功，象徵愛情長久。

　　到津市參訪平氏發祥地，就近走一趟位於鳥羽市西北方伊勢市的「夫婦岩」，見證真心真意的愛情，能跟「夫婦岩」一樣亙古永遠；甚至，祈求天下有情人，日日相戀、年年相愛。

夫婦岩

年年四季風不停

神戶明石海峽、和田神社

　　明石市位於兵庫縣神戶附近，平安末期屬播磨國，明石海面寬敞，適合大輪船進出，為平氏和古中國宋朝貿易往來的主要港埠。時當平忠盛的兒子升上諸衛府的佐官，並獲得上殿資格，公卿出身的殿上人對武家人進殿雖感不滿卻也無可奈何。有一次，平忠盛從任所回到京都，鳥羽上皇問他：「明石的海邊景色如何？」忠盛作歌答道：「明石海岸邊，年年四季風不停。殘月朦朧夜，海風勁吹勢更猛，風助浪濤勢洶洶。」上皇十分欣賞這首歌，下

地景位置 1：
前往明石海峽，可搭 JR 神戶線到舞子車站下車，即見明石大橋。

地景位置 2：
前往和田神社，可在神戶車站搭地下鐵灣岸線到和田岬站 2 號出口，向北徒步 2 分鐘即達。或搭神戶市營公車至和田岬站下車即達。

神戶和田神社

神戶舞子車站前的舞子公園孫文館

令收入《金葉集》中。

明石海峽位於瀨戶內海極右側的播磨灘東邊，海峽右邊為大阪灣；1988 年海峽兩岸上面建造了一座世界最長的跨海大橋，連接本州島和淡路島。明石海峽最狹小處約 3.6 公里，海水平均深度約 100 公尺。

這一座被列為世界最長跨海大橋的明石大橋，與貫通香川縣和岡山縣的瀨戶大橋、連接廣島和愛媛縣五個小島的島波海道，並稱日本三大橋，橫越過波濤水流的明石海峽。

佇立在舞子車站的天橋欄架旁，正視前方那一條如海上長虹的明石大橋，從這一頭橫跨到依稀可見身影的淡路島；眼前明石海峽宛如一幅畫景，乳白色長橋在平靜的湛藍天空裡，呈現壯闊的浩蕩之氣，總感覺像是置身幻境之中；舞子車站前為舞子公園，園區內建有一座「移情閣」，這幢原屬華僑實業家吳錦堂擁有的建物，於 1984 年由日本華僑總會捐獻給兵庫縣政府，整建為「孫文紀念館」，館內展示有孫文在神戶居住時的用品，與「天下為公」石碑；2001 年，建物被指定為國家重點文物。

另則，鄰近明石海峽，位於兵庫縣神戶市兵庫區和田宮通，主祭天御中主大神、市杵嶋姬大神、蛭子大神的和田神社，是平安末期平忠盛和平清盛父子祭拜海上貿易往來順利的神社。

橫亙在海峽上的巨龍

神戶明石海峽大橋

明石海峽大橋連接神戶和淡路島，是橫越明石海峽的跨海公路大橋，被列為世界跨距最大的橋樑及懸索大橋，橋墩跨距 1991 公尺，寬 35 公尺，兩邊跨距各為 960 公尺，橋身遠望呈淡藍色，近身則似乳白色。橋塔高達 298.3 公尺，列名世界第三，僅次於法國高 342 公尺的密佑高架橋，以及中國高 306 公尺的蘇通長江公路大橋，比之日本第一高樓橫浜地標大廈 295.8 公尺還高，甚至可與東京鐵塔、東京天空樹或法國艾菲爾鐵塔相匹敵。

這座跨海大橋 1988 年 5 月動工，耗資五千多億日元，歷時十年，1998 年 4 月完工通車，其間經歷過 1995 年 1 月 17 日阪神大地震的考驗，橋身安然無恙，僅南岸的岸墩和錨錠裝置輕微位移，橋身長度增加約 1 公尺。橋面共有六線車道，時速 100 公里，可承受芮氏規模 8.5 強震和百年偶遇每秒 80 公尺的強烈颱風襲擊。

明石海峽大橋建造完成，再加上原有連接淡路島和四國的鳴門大橋，自此，本州與四國的陸路交通連為一體。這一座大橋從神戶市垂水區的舞子車站旁跨越明石海峽，連接到淡路島的津名郡淡路町

壯觀的明石大橋

地景位置：
前往明石海峽大橋，可搭 JR 神戶線到舞子車站，再從車站旁的「高速舞子巴士乘車站」搭車前往淡路島，即可橫越明石海峽。

明石大橋

的松帆，形成一座中央支間長和主塔高均為世界第一的大橋。

總長 3911 公尺的明石大橋，宛如一條橫亙在海峽上的巨龍，不論從舞子、淡路島或垂水區任何方向觀看，無不令人讚譽這座經由建築美學、力學共同締造成美的化身的世紀大橋，屹立在清澈碧波的明石海峽上方，那驚鴻一瞥的形體，果然美不勝收，使人嘆為觀止。

《平家物語》提及，平家在「壇の浦海戰」遭源軍滅亡後，包括平清盛三位女兒建禮門院、攝政關白藤原基通的夫人、攝政藤原兼雅的夫人等四十三人遭活逮後，九郎判官源義經命令把活捉的平家男女送到播磨國的明石浦。那是有名的風景區，詩云：「黎明殘月在，澄澈勝秋空。」女官們聚在一起慨歎道：「幾年前路過這裡時，哪裡想到會落到這步田地。」不禁悲哀痛哭起來。大納言夫人遙望明月，哀思無限，不禁淚落胸前，詠出兩首詩歌道：

如今思往事，不禁淚沾襟；月影似有意，聽我遊子吟。

我已非故我，月猶昔時月；今夜灑清輝，照我心悲切。

三位中將夫人也詠了一首：

流落煙波上，露宿明石浦；借問海上月，伴我可淒苦。

「這是多麼悲傷懷舊的詩歌呀！」判官源義經雖是武士，但頗解詩情，竟同情地慨歎起來。

三位被捉的女官詠歌慨歎的明石浦即在明石海峽一帶。

摺疊成影的瀨戶大橋

瀨戶內海

位於本州、四國和九州之間的瀨戶內海屬於內陸海域，流域達一萬九千七百公里，東西寬四百五十公里，極深處一○五公尺。海中小島三千餘座，東有明石海峽大橋經淡路島過鳴門大橋到四國，中有瀨戶大橋銜接本州到四國，西有關門大橋連繫山口縣和福岡縣。海洋生物約五百多種，盛產香魚、鱟、鯊、海參，時有赤潮肆虐。平安末期，平忠盛和平清盛父子與宋國貿易往來，均取道於此。

瀨戶內海有三出口，東以紀伊水道出太平洋，南以豐後水道出太平洋，西以關門海峽出日本海。海的周圍，稱瀨戶內地方。除大阪及岡

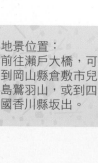

地景位置：
前往瀨戶大橋，可到岡山縣倉敷市兒島鷲羽山，或到四國香川縣坂出。

瀨戶大橋

山部分地區，內海的海岸線於昭和九年（1934）置瀨戶內海國立公園，
是日本第一批國立公園之一。著名的海上旅遊景點有小豆島、鳴門漩
渦以及平家武士一族的精神聖地嚴島神社，昂然立於海中。

　　1129 年，越前守平忠盛帶領平家武士擊退出身伊豫國，擁有大
小船隻千餘艘、雇員四五千人、實力不弱，專在山陽、南海兩道做打
劫業務的海盜藤原純友，便是在廣島附近瀨戶內海流域的忠海一帶。
著名的瀨戶大橋就在其附近。

　　瀨戶大橋建造始於昭和五十三年（1978）十月，前後總計花費約
一萬一千三百億日元，耗時九年六個月，終於昭和六十三年（1988）
四月，是世界公認工程最艱鉅的跨海大橋。

這條大橋從本州岡山縣倉敷市兒島的鷲羽山為起點，連接四國香川縣的坂出，跨越六座橋，銜接瀨戶內海中的櫃石島、岩黑島、羽佐島、与島和三子島等五座島嶼，全長超過十三公里，是著名觀光勝地。

橫跨五座島嶼的六座橋，共分三類，其中三座為吊橋，兩座斜拉橋，一座桁架橋，集合架橋技術的精華；各橋造形獨特、優美，尤其夕陽輝映下，橋身在海面出現如詩似畫的輪廓，時而氣派宏偉，總是變化萬千。

瀨戶大橋上層為四線道的瀨戶中央自動車道，

雄偉的瀨戶大橋

下層是 JR 四國本四備讚線鐵道，除了過橋人車之外，位居橋頭的兒島、橋尾的坂出，甚至坐落在瀨戶內海的五座島嶼，每天都有不少遊客前往參觀賞景。

從兒島車站搭乘公車，登臨突出兒島半島西南端的鷲羽山高台，可瀏覽瀨戶大橋全貌，此外，兒島觀光港和与島也都提供觀光船，供遊客從海上眺望大橋丰采。

追求美的影像，在鷲羽山高台觀賞如星羅棋布，散落在風平浪靜的瀨戶內海上的島嶼，以及氣勢磅礴的瀨戶大橋，呈現一幅使人迷醉不已的景象。

真實的瀨戶內海，觸目可及的瀨戶大橋，就在眼前，摺疊成至美的畫影。

拍攝自海報上的瀨戶大橋全景

從兒島半島的鷲羽山高台看瀨戶大橋

吟行客笛少年情

京都府宇治市平等院

平等院位於宇治川西岸，永承七年（1052）創建。時當平安王朝末期，統治者藤原賴通把權傾一時的父親關白藤原道長的別莊改為寺院，是平等院前身，庭園規模約占今日宇治市一半以上的面積。平家武士集團的首領平忠盛曾獲鳥羽院賞賜一支名叫「小枝」的笛子，並在此學習吹奏笛子。

被聯合國教科文組織列為世界文化遺產的平等院，曾遭內戰蹂躪，大部分建築焚於一旦，僅保存鳳凰堂、觀音堂和鐘樓。日幣十元刻製有鳳凰堂圖案，致使平等院名震全國，鳳凰堂也因貴氣而成為政府指定的國寶級文物財。

別稱「鳳凰堂」的平等院，當年為呼應平安貴族追求極樂淨土的思想，在寺院內設置了三間阿彌陀堂，以中堂供奉金碧莊嚴的阿彌陀如來像為中心，左右均建有翼廊、尾廊、隅廊，層層飛簷、向天展出，脊沿置放兩尊展翅高飛的金銅製鳳凰，彰顯鳳凰堂脫凡出聖的氣派。

嵌掛在堂內牆壁，圍繞阿彌陀如來像的五十一座「雲中供養菩薩」，是日本美術至寶，五十一座姿態各異的飛天菩薩像，或坐或立，或纏捲飄逸衣

鳳凰堂上的鳳凰

地景位置：
京都府宇治市宇治川畔平等院。

帶飛天而去，或乘坐彩雲吹奏樂器，或拈花微笑、頷首凝目，或合掌沉思，每尊菩薩表情圓融和諧、線條彎順柔軟，使人見後，心境寬舒起來。

到平等院參拜，不可錯過鳳凰堂、阿彌陀如來像與鳳翔館內的寶物。

以阿字池為中心配置的庭園，圍繞銀白細沙與卵石，借景宇治川與對岸山巒，傳達出西方極樂淨土的安詳思維。這一座平安時代典型的淨土庭園，影響後世日本寺院庭園造景的技藝與意境。

左：鳳凰堂一景
下：以阿字池為中心的鳳凰堂

建造得長壽院獻天皇

京都三十三間堂獻天皇

位於京都市東山區天台宗妙法院境外佛堂的三十三間堂，奉祀千手觀音，最早建造於長承元年（1132），是鳥羽天皇利用平忠盛的財富與權勢建造而成的「得長壽寺」；供奉儀式後，上皇欣喜之餘，傳旨褒獎忠盛建寺之功，特許他遞補國司缺額，還恩准他以武士之名登殿。

平忠盛死後，兒子平清盛繼位，挾持後白河天皇，勅命於長寬二年（1165），在「得長壽寺」原址建造「蓮華王院」。1249年，蓮華王院被大火焚燬，後來又以兩年時間重建，即現今「三十三間堂」。

三十三間堂一共有三十三間長，所以叫「三十三間堂」，總長度達120公尺；分為兩側，一側放置有塗上金漆的1001尊千手觀音神像，供人參拜，另一側為歷史文物展示長廊。其正式名稱叫「妙法院之一部」，建物叫「蓮華王院本堂」。

地景位置：
京都市東山區三十三間堂，從京都車站徒步約25分鐘抵達，或於站前搭市區巴士前往。

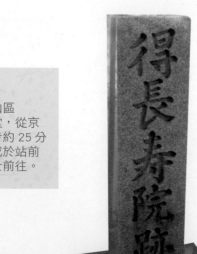

「得長壽寺」跡碑

上：京都市東山區
　　的三十三間堂
左：1001 尊 千 手
　　觀音神像

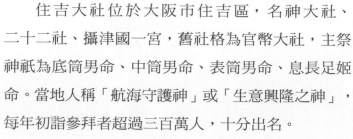

帝都一片荒涼野

大阪市住吉大社海之神

地景位置：
大阪市住吉區住吉。在大阪乘坐地鐵，從梅田車站到難波車站約 8 分鐘；或利用南海電鐵從南海難波車站到住吉大社車站約 10 分鐘可達。

　　住吉大社位於大阪市住吉區，名神大社、二十二社、攝津國一宮，舊社格為官幣大社，主祭神祇為底筒男命、中筒男命、表筒男命、息長足姬命。當地人稱「航海守護神」或「生意興隆之神」，每年初詣參拜者超過三百萬人，十分出名。

　　自古以來，住吉大社即是航海人家或乘船者祈求海上航行平安的神社，是日本兩千多座住吉大社總本社。

　　建於三世紀，擁有一千八百年歷史的住吉大社，從第一本宮到第四本宮的神殿，各個本宮都保留「住吉造」的古老建築樣式，大社四周被森林包圍，神社置有照明用石燈籠六百多座，水池中建有一座耀眼的朱色拱橋，是遊客到訪最喜拍照所在。

　　大阪住吉大社與下關住吉神社和博多住吉神社並稱日本三大住吉。

　　嘉應元年（1169），平忠盛的兒子平清盛曾到此參詣獻納駿馬和黃金，祈願平家一族平安。在忠盛壯志未酬身先卒的年代，平家天下盛行傳閱《源氏物語》，家境懸殊的光源氏和明石君的戀情也在這座神社上演過。根據《平家物語》解說，在「壇

の浦海戰」之前，暗示平家終焉滅絕的一箭，最後使平安朝的帝都一片荒涼野，即是從住吉大社射出，後白河法皇聞訊高興不已。住吉大社由此見證平家一族的榮枯興衰。

住吉大社朱拱橋

住吉大社第三本宮

住吉大社

《平家物語》一書，對首位以武士身分進殿與上皇議事的平家首腦平忠盛著墨不多，可若沒他立下武士之基，便不會有後來以武士集團統領國政的入道相國平清盛，更不可能延續鎌倉幕府以降的戰國時代和德川幕府。尋訪平忠盛的歷史景點如下：

1. 三重縣

三重縣位於近畿地區東部，沿中部河流櫛田川，大致分為南北兩部分。由於南北狹長，所以差異明顯。從江戶時代起，因該縣擁有知名的伊勢神宮、鳥羽等觀光資源，經濟發展得以快速成長。加上河灣眾多，英虞灣、五所灣等地盛行全國最大的真珠養殖。

另外，松阪飼養的黑毛「松阪牛」，盛名遠播；以及日本最早建造的賽車道「鈴鹿賽道」，每年舉辦F1大獎賽，吸引眾多觀眾。其他如伊勢蝦、鮑魚、硯和海苔醬等都十分著名。

「夢舞台」紀念物

2. 兵庫縣

兵庫縣位於近畿地方西部，南臨瀨戶內海，北瀕日本海。縣內有瀨戶內海國立公園、山陰海岸國

設計家安藤忠雄的傑作：淡路「夢舞台」

立公園、六甲山、淡路島等風景名勝，以及被列入「世界遺產名錄」的姬路城等無數文化遺產。神戶市是縣政和經濟中心，更是一座充滿異國風情的港口城市。

　　東經 135 度的子午線穿越明石市，日本中央標準時間以這一條線為基準。尋訪平忠盛景點，尚可從明石海峽大橋到淡路島，參訪花與光影與自然組合的「夢舞台」，這是國際知名設計家安藤忠雄的傑作；或是從夢舞台搭乘巴士到四國鳴門海峽觀賞著名的潮騷漩渦；甚至，到垂水站的 OUTLET 廣場購物兼欣賞明石海峽水景。

夫婦岩紀念物

3. 岡山縣

　　岡山縣位於本州的中國地區東南部，面對瀨戶內海，氣候和暖，是日本雨量最少的地區，適合栽植葡萄、桃等水果。北面呈帶狀，從東到西分佈著中國山地，山地南面延續吉備高原和津山盆地，再往南便是面臨瀨戶內海的岡山平原。這裡擁有連接本州與四國的瀨戶大橋、可供遊覽的瀨戶內海小島，以及觀賞瀨戶大橋最美景色的兒島半島的鷲羽山。

　　以日本三大名園之一著稱的後樂園和岡山城也在這個地區。岡山是「桃太郎」的故鄉，因此，參訪瀨戶內海和瀨戶大橋的風光之餘，別忘購買以「桃太郎」之名出產的和菓子和相關土產。平忠盛曾在此擔任備前守。

著名的伊藤園綠茶和日本茶　　　　　岡山桃太郎銘菓

4. 京都府

　　由西北端環繞舞鶴灣的裡亞式海岸、中部的丹波山地和東部的京都盆地所組合的京都府，是 1200年歷史的古都；市內擁有不少名院古寺，是歷史和文學景點最多的城市，以武士集團為主軸的《平家物語》和以宮廷愛情為重心的《源氏物語》，書中描述的地景大都集中於此。京都的六波羅蜜寺、清水寺、三十三間堂等，不勝枚舉。到京都觀光遊玩，嵐山和宇治這兩個地方不能錯過；嵐山勝景如詩似畫，宇治風光開闊明朗，盛產綠茶和抹茶。

明石紀念物

第三話

入道相國平清盛

—平安時代「平家武士集團」首領

驕奢者如一場春夢，
　　　　　不會長久。
強梁者如一陣輕塵，
　　　　　過眼雲煙。
　　　　—《平家物語》卷首語

一朝榮華一杯酒，
平氏政權一睡間

平清盛雕像

　　平忠盛過世後，長子平清盛繼任，伊勢平氏的大權託付在他身上，他起誓：「一心繼承父志，創造武士世紀。」又說：「讓無辜的子民哭泣，豈能稱作武士。」成為平家領袖的平清盛在《平家物語》卷首中被形容是：「近世的六波羅入道前太政大臣平清盛公之行為，僅就傳聞所知，實在是出乎意料之外，非言語所能形容的。」有一說，1118年出生的平清盛，系出白河天皇私生子，後由平忠盛收為養子。

　　1159年，平治之亂八年後，平清盛以武士之名晉升到最高職位的太政大臣，平家親眷也跟著雞犬升天就任高官，安藝國等三十餘國的國守更讓平家占據，整個家族支配了全國過半領土，權傾天下。自此之後，平清盛性情丕變，變得跋扈、驕奢與霸道，除了將女兒德子（建禮門院）嫁給高倉天皇，更排除眾議，扶持年僅三歲的外孫登基為安德天皇，並囚禁後白河法皇，掌控朝政，導致源平內戰。平清盛之妻平時

子的弟弟平時忠甚至大言不慚的說：「非平氏家族，不是人。」

此外，平清盛強行遷都福原（神戶市），為僧侶事件燒討奈良興福寺、東大寺等獨斷作為，引起貴族公家不悅，後來不得不又遷回京都。福原遷都，被鎌倉初期文人鴨長明寫入《方丈記》中，他視平清盛的作為跟地震、饑饉、旋風、大火等同為災禍。

1181年平清盛因熱病去世。臨死前曾出現不祥的夢兆，夢境中，忽然見到階下有數百個人頭，集結成一個大頭，張目瞪眼看著他，他也膽大氣粗的回瞪過去，不久，人頭便跟著縮小。然後，夢境隨之又跳躍到他家裡養的馬，馬的尾巴竟然讓老鼠築起窩巢；占卜者認為不祥，說道：「居然敢以小犯大。」鼠為子，馬為午，子午果然成為源氏沖到平家的噩運，使日後的平家一敗塗地。

平清盛過世，由三子平宗盛繼承平家大業；宗盛能力不足，戰力不夠，導致平家漸趨衰敗。

此時，源氏的木曾義仲趁勢崛起，攻掠京城，逼迫平家撤遷西國。義仲進入首都後，無法約束軍隊，軍心渙散，最後由身在鎌倉的源賴朝下令兩位弟弟源範賴和源義經追討義仲，並將義仲斬首示眾。

後來，被視為戰神的源義經進入京城，受到後白河法皇信賴，並於追討平家的一ノ谷之戰、屋島之戰、壇の浦海戰中立下輝煌戰績，被視為打敗平家，使平家由盛至衰，終焉滅亡的最大功臣。

義經戰功彪炳，引起源賴朝妒忌，下令追殺，義經一路逃到奧州平泉，起初，還受到藤原秀衡庇護，但秀衡死後，其子藤原泰衡為了討好源賴朝，逼得義經在高館自盡身亡，成為日本史上備受後人喜歡的悲劇英雄。其事蹟一再被文學和戲劇傳頌。2012年，NHK電視台

以《平家物語》為背景，製作播出大河劇《平清盛》，
由松山研一飾演平清盛、玉木宏飾演源義朝。

　　儘管《平家物語》原作者有意把平家滅亡歸咎
於平清盛為所欲為的驕奢惡行，但在本質上卻道出
「武士貴族化」才是讓平家走向衰敗的癥結。

　　平家武士從在野的草莽貧困，一步登天進入朝
廷，享盡榮華富貴；與平家對立的源氏武家，怨恨
日漸積累，後來揭旗舉兵，相繼武裝意圖擊倒平家。
平清盛死後的平家，軍無大將，兵敗於屋島戰役後，
整個家族逃離到關門海峽附近的彥島，與源軍做最
後殊死戰。

　　元曆二年（1185）3月24日清晨，兩軍在下
關壇の浦展開決戰。原先占據優勢的平家軍，因四
國與九州聚集的豪族反叛歸順源氏，加上海水潮流

平清盛熱病發燒圖（明治 16 年月岡芳年畫）

變化，使得平家眾將死傷連連，平清盛的妻子平時子，同時也是安德天皇的外祖母二品夫人見大勢去矣，難忍悲痛，然前時已有心理準備，便將淺黑色裌衣從頭套在身上，把素絹裙褲高高齊腰束緊，把神璽挾於肋下，將寶劍插在腰間，把天皇抱在懷裡，說道：「我雖是女人，可不能落入敵手，我要陪伴天皇。凡對天皇忠心的，都跟我來。」於是，走近船舷。

剛滿八歲的安德天皇不勝驚愕地問道：「外祖母，帶我去哪裡？」二品夫人面向天真的幼帝拭淚說道：「主上你有所不知，你以前世十善戒行的功德，今世才得為萬乘之尊，只因惡緣所迫，氣數已盡。你先面朝東方，向伊勢大神宮告別，然後面朝西方，祈禱神佛迎你去西方淨土，與此同時心裡要念誦佛號。這個國度令人憎惡，我帶你前去極樂淨土吧。」

二品夫人邊哭邊說，然後給天皇換上山鳩色的御袍，梳理好兩鬢打髻的兒童髮式。幼帝兩眼含淚，合起纖巧雙手，朝東伏拜，向伊勢大神宮告別；然後面朝西方，口念佛號不止。少頃，二品夫人把他抱入懷裡，安慰道：「大浪之下也有皇都。」便投身到千尋海底去了。一場驚天動地的絕命戰役，終讓平家滅亡。

昔日皇宮之中可稱為大梵高台之閣，帝釋喜見之城；大臣公卿簇擁於寶座之前，親族姻戚相從於玉輦之後；如今出於御舟之中，沉於波濤之下，轉瞬間斷送了至尊的性命，豈不哀哉！寓寄了《平家物語》卷首語的警世縮影：「祇園精舍的鐘磬，敲出世間無常的響聲。兩株娑羅樹的花色，訴說盛極必衰的道理。驕奢者如一場春夢，不會長久。強梁者如一陣輕塵，過眼雲煙。」

鮮血繪入曼陀羅

熊野本宮大社

世界遺產熊野大社

地景位置：
位於和歌山縣田邊
市本宮町本宮。從
京都或新大阪車站
搭特急電車前往紀
伊田邊站下車。

平家之所以得享榮華富貴，據說是得力於熊野權現的庇佑。熊野權現即今和歌山縣熊野地方的三所權現，包括：熊野神社、熊野速玉神社和那智神社；為日本的神道，原是佛菩薩隨緣應化，臨時顯現在日本的化身。三所權現被列為世界文化遺產。

平清盛任安藝守時，有一天從伊勢海乘船到熊野，途中見一尾大鱸魚跳進船裡，當時熊野神社的嚮導說：「這是權現的恩賜，請大人趕快吃了吧。古時，曾有白魚躍進武王船中，此乃非常之吉兆。」雖說平清盛在去神社參拜途中應謹守十戒，不應食用葷腥，但他還是叫人把魚烹煮，讓全家子弟和僕從分著吃了。從此以後，吉祥之事接連不斷，自己做到太政大臣高位，子孫也都得陞官，真比雲龍飛昇還要快，超過了先祖九代舊例。

位於和歌山縣熊野本宮大社的寶塔曾遭雷擊，平清盛奉平忠盛之命前往修建，據稱，平清盛為示崇敬，以自己的血摻入繪具，描繪出奉納的「血曼陀羅」，這幅畫作現藏高野山靈寶館。

熊野本宮大社本殿

熊野本宮大社鳥居

看見往來博多的夜船燈火

博多櫛田神社

博多祇園山笠祭起源地櫛田神社

地景位置：
櫛田神社位於福岡縣福岡市博多區上川端町 1－41，可搭福岡市地下鐵空港線到祇園站或中洲川端站下車。

古名「鎮西」的九州，位居日本西邊，離京都遙遠。

平安時代的九州博多和神埼一帶，不但是平忠盛和平清盛父子私下與宋國進行貿易的地方，更是平忠盛降服海賊之處。這裡建有平清盛所領肥前國神埼的櫛田神社，為日本櫛田宮總鎮守，主祭櫛田大神、天照皇大神、素盞嗚大神。平家與海賊交戰前都會前往祭拜，結果退散異賊十分靈驗。

起源自鎌倉時代 1241 年，現今每年七月一日到十五日舉行的「博多祇園山笠祭」，祭典活動都在櫛田神社，這個祭典主要祈求上蒼驅散病魔。

博多位於福岡市博多區、那珂川東側，日本第五大城；博多在七、八世紀，是古日本對外貿易和出航的重要港口，也是遣隋使、遣唐使、遣新羅使的啟航地；新羅時代後期經常受海賊侵擾，十一世紀平安末期和鎌倉時代則是與宋國貿易據點；保元三年（1158）平清盛就任太宰大弐後，還打算整頓博多成為「國際港」；十四、十五世紀室町時代，更成為日明

渡唐口跡石碑

和日清貿易站。江戶幕府施行鎖國令後，其地位才逐漸被長崎取代。

　　博多雖為舊港，卻充滿懷古幽情，港埠、老街、夜間小攤販、博多豚骨湯頭拉麵，令人油然憶起一首從昭和十一年傳唱至今，高橋掬太郎作詞、大村能章作曲的演歌〈博多夜船〉，憂傷的曲調直搗旅人心坎。歌詞云：「越過了松原，你又來看我？可看見往來博多的夜船燈火，可看見夜船燈火。讓愛的夜船，趁黑夜回去吧！若天亮將無風起浪，流言四起、耳語四散！在玄海那裡，浪頭一定很大吧！我不想讓你回去，你是難以割捨的那艘船！那艘船！」使人懷念不已。

櫛田神社鳥居

音戶水聲絕景

廣島吳市音戶の瀨戶

平清盛初任安藝守，對造船事業發達的音戶，特別感興趣，安藝為現今廣島，位於瀨戶內海沿岸，這裡曾是平忠盛和平清盛擊潰海賊的地方。平清盛從京都到廣島任職安藝守，對於瀨戶內海的水道，頗多建設。現今的吳市建有「音戶公園」，從公園坡地可遠眺瀨戶內海，公園內立有「平清盛招日雕像」和「吉川英治石碑」。

保元元年（1156）七月，皇位之爭，左大臣藤原賴長叛亂依崇德院，身為安藝守的平清盛，效忠後白河天皇，全力平叛，崇德天皇敗北，入仁和寺出家，不久遭流放讚岐國，殞葬京都白峰神宮；藤原賴長在興福寺咬舌自盡，葬於相國寺。平清盛則升任播磨國守，保元三年又升為太宰大式。平治元年（1159）十二月，信賴卿謀反，平清盛奉命掃平叛賊，

平清盛招日雕像

地景位置：
位於廣島縣吳市警固屋。搭乘 JR 吳線吳車站再搭公車到音戶大橋下車。

皇上降旨：「屢建功勳，應予厚賞。」，第二年正月敘正三位；後又從內大臣直接升為太政大臣從一位。

到廣島瀨戶內海旅遊，音戶の瀨戶的自然美景不可錯過。

造船事業發達的音戶

廣島吳市音戶の瀨戶

神明居住的安藝宮島

廣島灣安藝の宮島

自遠古時代，宮島即被當作神島，大和民族對祂崇敬不已。正由於受信仰薰陶，使矗立在宮島海岸的嚴島神社，其神聖文化與獨特的大自然景觀得以保存。成為世界文化遺產而名揚四方的宮島，已然被視為人神共存之島。

有關嚴島神社的正式記載，弘仁二年（811）時，以「安藝國佐伯郡　伊都岐島神社」的名稱被收錄於日本史書《延喜式》當中的〈延喜式神名帳〉。久安二年（1146），平忠盛因為討伐海賊有功升任刑部卿，平清盛則接任其父原有官位，從四位下中務少輔兼安藝守。這一役讓平家掌握了瀨戶內海的制海權。之後，平清盛與父親一同致力於擴大平家在西日本的勢力，並開始信奉位於宮島的嚴島神社神祇。

期間，嚴島神社成為平氏一族參拜聖地，因而盛名遠播，京都許多皇親貴族遠道而來參拜，平家並積極引進當時流行的平安文化，神

地景位置：
安藝の宮島，位廣島縣廿日市市下平良一丁目，可從廣島市搭乘鐵道到宮島口站，或在廣島原爆紀念館乘觀光船前往。

宮島渡船口的
蘭陵王雕像

宮島渡船口　　　　　　　　　　　　宮島渡船口鳥居

社著名的〈蘭陵王〉舞樂表演，就是從那時期開始發展起來。

　　擁有一千四百年歷史的嚴島神社，一直是有權有勢的平家的守護神社，做為日本國內約五百座嚴島神社總本社的安藝の宮島嚴島神社，主要祭奉神話中的宗像三女神：市杵島姬命、田心姬命和湍津姬命。嚴島神社修築於瀨戶內海海濱的潮間帶，神社前方立於海中的壯觀華麗的鳥居，被譽為「日本三景」之一，是宮島境內最知名的地標，其大部分建築均被日本政府列為國寶。

　　從宮島渡船頭搭乘渡輪前往創建於六世紀末的嚴島神社，佇足渡輪甲板，遠望依山傍海的寺院景觀，連綿矗立於海邊的紅色建築，使人興起一股熱烈的朝聖心情，尤其見到漲潮後浸泡在海水中，高 16 公尺的大紅鳥居，不免感到宮島所以能成為日本三景之一，自有其令人崇敬的自然美貌，以及平清盛重建神社的獨到眼界。

　　從渡口下船，沿途與梅花鹿相遇，見小街商店販賣木製飯杓、特產紅葉饅頭、牡蠣便當，嚴島神社這一條由石塊鋪設的濱海小徑，可讓人走來感到悠閒不已哷！

西松原清盛神社

安藝の宮島的清盛神社

平清盛將嚴島神社
視為平家心靈故
鄉，圖為清盛神社

地景位置：
清盛神社，嚴島神
社左方，松原西附
近。

清盛神社位於嚴島神社左方，鄰近西松原，這裡是由攜帶大量泥沙沉積擴展填補成的新海灣，從小沙洲的位置觀賞海中大鳥居格外清晰；神社位居僻遠處，鮮少遊客會走到這裡參拜；人少，反而得適清閒的坐到岸邊石墩，悠靜看著湛藍海水，承載變化無窮的陽光與海水互映出燦爛光芒。

幼名虎壽丸的平清盛，十一歲行元服禮，改虎壽丸為清盛，十八歲，拜訪藤原為忠，得知自己是白河上皇的私生子，對於白河院的專橫與生母悲慘的命運，大受衝擊。此後，平清盛的官位步步高升，二十歲時娶妻結井，生下重盛、基盛後不久，結井去世。再加上暗戀的待賢門院棄世，意志消沉的他一度流連花街柳巷，直到遇見時子，決定再婚。

身居要位的平清盛，晚年罹患重病，病情一度危急，甚至連太政大臣也只擔任三個月，便辭職歸隱出家，人稱「入道相國」。可他未因養病釋出實權，仍然掌控王朝大局。當時平家一族盛極非凡，不僅獨占朝中重要官職；全國各地同時擁有多達五百多座莊園，加上因為推動與宋國的海上貿易而

嚴島神社社殿

謀取不少暴利。

　養和元年（1181），平清盛因感染熱病倒下，享年六十四歲。平清盛死後，盛極一時的平家即敲出亡國喪鐘。

　史學家認為，不論平家最後命運如何，曾經一手打造日本史上最大武士家族政權，並能與狡黠多變的朝廷及宗教勢力正面交鋒，更不忘致力於與宋國進行貿易的平清盛，絕對稱得上是日本有史以來最重要的政治人物之一。

　生前將嚴島神社視為平家心靈故鄉的平清盛，死後，島民仍不忘他重建嚴島神社的功績，選擇在更貼近瀨戶內海海域的沙洲，建造用來祭祀他的神社，讓他鄰近大鳥居，面對日落月昇的大海，緬懷那一段擁有輝煌戰功的昇平年代。

皇宮般華麗的嚴島神社

宮島の嚴島神社

嚴島神社為
日本三景之一

地景位置：
嚴島神社，距宮島
棧橋東南方約 12
分鐘路程。

親身走進如貴族宮殿建築一般華麗、壯觀的嚴島神社海上參道，大紅木柱與屋頂所構築的氣派走道，便足以讓這座擁有千年歷史的神社，寫意出使人震撼的氣勢。

宮島屬於瀨戶內海廣島灣西南部的島嶼，面積約 30 平方公里，居民約兩千人；行政區劃歸廣島縣廿日市市。或稱嚴島，或稱安藝の宮島，島上最受矚目的景點是位於海上鳥居而聞名的嚴島神社，以及彌山原始林區；這些建築與原始森林均被列入世界文化遺產之中。

宮島除嚴島神社外，尚有以大聖院為首的不少佛寺閣院、嚴島神社寶物館、宮島水族館、宮島歷史民俗資料館、廣島大學理學研究所附屬自然植物實驗所、宮島町傳統產業會館等文化設施供遊客參觀。

每年到訪宮島的遊客高達三百萬人，因此宮島擁有不少旅館，這些旅館主要集中在宮島棧橋到嚴島神社的商店街旁。每年八月十四日舉行的水上花火節，吸引遊客參觀。

由於地理位置獨特及秀麗的山海景致，宮島自

古以來即流傳為神明居住的靈島，神社創建時間沒有明確記載，日本學者研判約在 593 年推古天皇即位當年，由安藝國豪族佐伯鞍職創建。直到 1168 年，平清盛差人仿當時貴族寢宮重新設計整建。

　　進入戰國時代，由於政局不穩，導致嚴島神社一度衰敗、荒廢。直到弘治元年（1555），毛利元就在宮島之戰中獲勝，將宮島收歸所屬領土，神社才得以恢復昔日香火鼎盛的場景。天正十五年（1587），豐臣秀吉為供奉在九州征戰中陣亡的將士，命令安國寺惠瓊在嚴島神社旁的山坡建造大經堂，這座讀經堂被後人稱「千疊閣」。江戶時代以後，由於廣島藩的支持與維護，前往神社參拜的香客絡繹不絕。

　　走在漆紅神社廊道下，彷彿走進平安時代的宮廷，站在神社前木造廣場凝視海中大鳥居，恰有一種時不我予的慨然。

擁有千年歷史的嚴島神社

一朵孤立海中的大紅花

嚴島神社大紅鳥居

使嚴島神社聲名遠播，名揚海外的主因，在於興建自六世紀，原名叫神社島的宮島大鳥居最富盛名，人們到嚴島神社，無不被那座大紅鳥居吸引；能夠親睹漲潮時的海中鳥居，或親近退潮後，孤立在沙灘上的鳥居，千秋各異，互為朝聖者最大趣事。

站在嚴島神社前庭，看退潮後的大鳥居，不免想起一代武將平清盛和創立嚴島神社的佐伯鞍職的子孫佐伯景弘，面對潮起潮落的大鳥居，是否感觸良多？

古畫中，平清盛站在嚴島神社廊道，拿起紙扇指著落日說「回來，不准沉落下去」的霸氣，而今安在？

潮漲時，瀨戶內海的潮水淹過大鳥居和神社淺灘，使神社建築恍如漂浮水中，蔚為奇觀；退潮後，鳥居袒裸夕陽下，輝映成一朵孤立的大紅花，供遊客拍照、驚嘆。

總是神奇多過訝異，讚譽多過驚奇。

相傳，古時的大和民族選擇在海水中興建神社的原因有二：一為實現在海上建造龍宮，以便用來供奉海上女神；另則，源自古代人相信死者靈魂會

地景位置：
嚴島神社大紅鳥居，距宮島棧橋東南方約 12 分鐘路程。

宮島大鳥居

乘船出海，遠赴佛家所云極樂世界，榮登淨土。

　　以幽山碧海為背景的嚴島神社，在潮起潮落中，使人宛如讀到平清盛一生起落；自他去世後，獨讓曾經使他心靈澄明的海中鳥居，孤寂的亮出一片沉寂。

獻上一片赤誠丹心

嚴島神社納經、經塚

平清盛任職安藝守時，奉命修築被雷擊毀的和歌山縣高野山金剛峰寺寶塔，花了近六年時間才完成。有一天，為慶賀落成而獨自上山膜拜。當他沿杉木並立的幽暗小徑，前往深山寺院，前方忽然出現一名老僧叫住他。老僧以極莊嚴的口吻說道：「日本國的大日如來，除了伊勢神宮就是嚴島神社。大神宮太幽玄，你應速速前往國司所在的嚴島，獻上一片丹心。」

平清盛十分訝異，詢問道：「僧人法號如何稱呼？」

「深山裡的阿闍梨。」老僧留下話後，立即煙霧般消失無蹤。平清盛以為是在作夢，回頭探看四周，且是朗朗乾坤的真實世間，但老僧的話，猶如鋼鐵般硬生生敲進他的腦門。

永曆元年，平清盛因新春拜謁留在宮島，景弘和內侍建議他對神明表達赤誠丹心，這大概是引發他後來寫經、納經的動機！

返京後，平清盛先是到駿河國久能寺，不久前，這裡才收藏鳥羽法皇供奉的二十六卷一品經，傳說那是世上最華麗的裝飾經卷。經卷未曾公開，平清

地景位置：
前經塚，嚴島神社後山。

盛透過駿河守幫忙，
得以私下賞覽。

　　所謂一品經，
是指法華經八卷
二十八品中，一品
一卷地臨摹書寫，
通常是追思祭拜時，
眾親戚聚集，用來
結緣。久能寺經，
據傳是平清盛年輕
時，聽聞待賢門院
將出家，事先為其
逆修，祈求生前成
佛所供養的一品經。

　　久能寺打開寶
藏讓平清盛觀賞時，
經卷小有欠缺，可
當他接觸到待賢門
院的譬喻品時，還
是興奮得全身顫抖。

　　經文書寫的文
字，通常不是本人
親筆，而是請善筆

嚴島神社五重塔

平家一族所抄經文

平家一門嚴島納經的場面

者代寫。這譬喻品也一樣，所以還是無法看到待賢門院的親筆字。不過，打開經卷的那一瞬間，仍讓人心頭一顫。

「這就是經卷嗎？」

竟是如此美輪美奐的裝飾品，由紫、紅等各式顏色的染紙，或淡或濃地暈染開來，再以其為底紙，在上頭輕輕灑上金銀切箔、細砂、芒草，一片燦爛奪目。

「這應是所謂的佛國淨土！」平清盛不禁雙手合十。

就是這時，他決定書寫一部不輸給這部裝飾經的一品經。

「不妨參考《源氏物語》」受到智者邦綱的建議，平清盛立即前往女兒盛子擁有的陽明文庫，察看繪卷真品，閱畢後為之歎服不已。它是從《源氏物語》五十四帖中，挑出一到三個場景來繪圖，再配上合乎文本的說明，使得當時的宮廷生活習俗，歷歷在目。

長寬二年春天，平清盛召集家族，將抄寫法華經利益眾生、希望供養結緣一品經的目的告訴家人，

希望每人結緣一品，各自盡其所能地製作最豪華的裝飾經卷，以表示虔誠祝禱的心意。此時，平清盛位居皇太后宮權大夫，受封從二位，長男重盛則是正三位右兵衛督，三男宗盛是正五位下美作守。一門皆居要職，財力雄厚，製作起裝飾經來，一擲萬金也是在所不惜呀！

　　但抄經畢竟是繁重工作，需要一邊念誦經文，一邊抄寫，主家更需一起專心一意持誦。武士出身的平家人，這可比登上青天還難啊。

　　後來，平家一門三十二人所受持的法華經二十八品、二十八卷，以及無量義經、觀普賢經、阿彌陀經，再加上願文一卷，共三十二卷，於當年九月如數完成。以漢文寫下祈願文則由身為一家之長的平清盛

嚴島寶物館

親筆題寫：弟子（清盛）有本因緣，專致欽仰利生揭焉。久保家門福祿，感夢無誤。早驗子弟榮華，今生願望已滿。應期來世妙果……

完成的經卷陸續送到六波羅，由於製作精美，看過的人無不發出驚歎聲：「猶如置身在夢境裡的極樂淨土啊！」甚至有人感動得頻頻拭淚。

長寬二年九月，結緣的三十二人浩浩蕩蕩前往宮島參拜，在神社本地十一面觀音像前，各自獻上傾力製作的經卷。

當天夜深時刻，平清盛獨自佇立在突出海面的石台上，仰望夜空，這時，滿天星斗照遍整座神社，閃閃熠熠的星光，彷彿正將祝福一一傳送給他。

「無限感激啊！嚴島大明神，今後也請您大發慈悲佛心，庇佑我平家一門永世其昌。」平清盛原本仰望夜空的頭，不知何時垂了下來，冰冷的淚水瞬間從眼眶潸潸流下。

隨著官位步步榮昇，他堅信因為抄經之緣，日後必會為平家一門帶來好運。

終於登上人臣最高位的平清盛，為了答謝嚴島神社庇佑，後來又以金泥在藍紙上，用漢字一筆一畫精心寫下般若心經。完成後兩天，搭船親自送往嚴島神社。

這部般若心經和長寬二年奉納的三十二卷經文

嚴島神社拱橋

嚴島神社平家經塚

合在一起，一共三十三卷一套。如此一來，總算完成了絢爛的納經儀式。

　　仁安三年，神官景弘投注私人財力，重新改建嚴島神社的社殿，背後平清盛龐大的財力支援，自不在話下。改建後的社殿，不僅將舊板葺屋頂全改為檜木皮，內外宮更增建至五座鳥居，社殿五十六棟，迴廊一百一十三道，壯觀而華麗的嚴島神社改造，終於完成。過去從未到過宮島的皇親貴冑，紛紛跟隨平清盛前往參拜。天下人因「平家納經」而對平家留下深刻印象。

　　平清盛為祈求平氏家族一門繁榮，除了在賤紙抄經外，還在一個個小石子上，各一字的寫下經文，這些「一字一石經」被埋納在嚴島神社後山。昭和十九年開墾時，一部分石經文被發掘，繳納經文的銅製容器和佛經筒、刀片等也一起被發現，因而有了後來「經塚」的地景出現。

祇園鬥亂事件

京都八坂神社

久安三年（1147），為祈願平家一門興盛的平清盛與同黨來到祇園社，無意間跟僧人發生爭吵，平清盛還對神轎射箭，引起祇園社總本山延曆寺僧眾憤怒，遂引發「祇園鬥亂事件」。武裝的僧兵抬起神輿要求朝廷處以平清盛及其父平忠盛流放之罪。鳥羽法皇召集大臣開會商議，左大臣藤原賴長主張把膽敢對神輿射箭，大逆不道的平清盛處以流放之刑，信西法師則提出反對意見，結果，鳥羽法皇判定赦免平忠盛和平清盛流放。

發生鬥亂事件的祇園社即今京都八坂神社。原稱「祇園神社」、「祇園社」、「祇園感神院」，慶應四年（1868）明治天皇神佛分離令後，改名為「八坂神社」。「八坂神社」最著名的祭典為起源自貞觀十一年（869）瘟疫流行時，為除災而祭拜牛頭天王的「祇園祭」，號稱「京都三大祭典」之一。

八坂神社除以祇園造建築的本殿聞名之外，平家為法皇獻舞的舞殿，以及平清盛為思念父親平忠盛而設置的「忠盛燈籠」都保存在神社內。

原稱「祇園社」的京都八坂神社

地景位置：
京都市東山區祇園町北側。

橫越鴨川的保元之亂

京都鴨川、高松神明神社

　　1156 年 7 月，在鴨川兩岸，崇德上皇和後白河天皇為皇位相爭，引發了「保元之亂」，後白河天皇身邊聚集了平清盛和源義朝的武士，平清盛經由二条大路，橫越鴨川，率擺明鐵騎，圍堵崇德上皇，軍隊直逼白河北殿，那裡曾是擺佈權勢的白河法皇的一處居所。「保元之亂」在一天之內結束，後白河天皇一方取得壓倒性勝利，崇德上皇敗北。這場皇位爭奪戰，讓平清盛等武士的力量為世人所知曉，從此一躍成為殿堂中人、國家重要的棟樑。如今的高松神明神社，建造在後白河天皇曾經居住的宅邸。

高松神明社原址曾是後白河天皇居住的宅邸

地景位置：
鴨川在京都市區內。高松神明神社，搭地下鐵烏丸線「烏丸御池」下車徒步 5 分鐘。

佛本是凡夫，我等終成佛

京都祇王寺

（上）祇王像、
（中）祇女像，
（下）佛御前像

地景位置：
祇王寺，位於京都
市右京區嵯峨鳥居
本小坂町。

庭院長滿綠苔的祇王寺，山號「高松山」，奉祀大日如來本尊的寺院。「祇王」一詞，原是平安時代大相國平清盛寵愛的舞妓之名；時當相國戀慕的待賢門院棄世，意志消沉的平清盛幾度流連花街柳巷，因緣際會愛上祇王與妹妹祇女。

名叫祇王、祇女的親姊妹，是一個叫刀自的舞女的女兒。姊姊祇王為平清盛寵愛；妹妹祇女也因此為都中人士推崇。平清盛還給刀自蓋了一間豪華宅邸，每月送米百石、錢百貫，刀自一家因此安富尊榮。

不料，平清盛後來又迷上另一名舞妓佛御前，佛御前美妙絕倫的舞姿叫平清盛看得入迷，遂移情別戀把心思轉到阿佛身上，要她留在府中。

祇王接到被趕出門的催促後，收拾散亂的行李動身離去。離去前，在紙隔扇旁啜泣寫下一首短歌：同為原上草，何論榮與枯；來日秋霜至，一樣化灰土。

隔年春天，平清盛厭倦了佛御前，命人召回祇王前往府邸一舞，祇王原為知名白拍子，舞藝精湛，再次進入相國府，強忍眼淚，唱了支時行曲調：「佛

本是凡夫，我等終成佛；人人都具有佛性，可歡竟有這些差別。」讓平清盛和諸臣感動落淚，平清盛執意祇王重回身邊，卻為祇王婉拒。

二十一歲的祇王深感人世無常、愛人無情無義，毅然和十九歲的妹妹祇女、四十五歲的母親一起削髮出家，隱居祇王寺；豈料，遭平清盛遺棄的佛御前也加入剃度為尼，盼著死後往生極樂淨土。

沉靜的祇王寺，庵內祭祀祇王、祇女、祇王母親和佛御前四人，以及平清盛木像，五尊木雕像全出自鎌倉時代的名家之作。

山號「高松山」的祇王寺

淚落於東山一庭之月

京都圓山長樂寺

建禮門院御塔

地景位置：
圓山長樂寺，位於京都市東山區八阪鳥居前東入元山町。搭乘巴士在祇園站下車，徒步約十分鐘可達。

《平家物語》書末〈灌頂卷〉第一帖提到安德幼帝的母親，平清盛之女建禮門院，被源氏俘虜回京後，先是黯然住進東山之麓，賀茂川東岸吉田附近，奈良高僧中納言法印慶惠建在京城的一所僧房裡。這間僧房即現今位於圓山公園內的長樂寺。

想起從前宴居雕欄玉砌、綾羅錦緞之中，過著錦衣玉食的生活，如今離開親人，棲身於隳朽陋室，心中的哀痛可想而知。正如失巢之鳥，離淵之魚，緬懷昔日漂泊海上、困居舟中的生活，令人悲從中來。往日蒼波路遠，寄思於西海千里之雲；看今朝茅屋苔深，淚落於東山一庭之月；悽悽慘慘，何等悲切！

建禮門院於文治元年（1185）五月一日削髮出家，授戒法師為長樂寺的阿證坊上人印誓，女院將先帝安德天皇的長袍賜給他做為布施，本來這是先帝臨終時的遺物，香澤尚存，隨時撫覽以為紀念；當從西國攜至京城，原想永遠留在身邊，只因沒有可以布施之物，又兼為先帝祈求冥福，便強忍眼淚送給上人了。上人收下，默無一言，淚濕了袈裟衣袖，哀泣退下。

後來，上人把這件袍子縫成布幔，懸掛於長樂寺的佛尊前面。

長樂寺於延曆二十四年（805），奉桓武天皇命令，由最澄高僧建立。以當前圓山公園山麓為背景建造的庭園，相傳出自畫家相阿彌之手。

最澄高僧建立的長樂寺

曾是平家政權中心
京都六波羅蜜寺

六波羅蜜寺擁有木造十一面觀音立像

地景位置：
六波羅蜜寺，位於京都市東山區松原通大和大路東入2丁目轆轤町。搭京都市區巴士206線於清水道站下車，徒步約七分鐘可達，或搭京阪電車在五条站下車，徒步約七分鐘可達。

位於京都市東山區的真言宗智山派寺院，山號「補陀洛山」的六波羅蜜寺，建於天曆五年（951），寺內奉祀十一面觀音。開基創立者為醍醐天皇第二皇子光勝空也上人。

平安時代平正盛在此建立供養堂，兒子平忠盛在此建立六波羅館，到了平清盛當政，則以此做為平家政權中心和宅邸，繁榮盛景不可一世；傳說平清盛之女平德子（建禮門院）懷孕後，平家一族為求德子順利產下皇子（安德天皇），曾在六波羅蜜寺供奉泥塔。平家滅亡後，鎌倉幕府的源賴朝也曾據守於此，設置六波羅探題，監視朝廷動向。

當前的六波羅蜜寺擁有木造十一面觀音立像、木造空也上人立像、平清盛銅雕坐像等，被列為重要文化財。據傳，平清盛死後葬於六波羅蜜寺。

江戶風俗東錦繪「六波羅御所清盛公遊宴圖」

平家軍火燒南都

奈良東大寺、興福寺

地景位置：
奈良公園東大寺、
興福寺。

　　平清盛執意遷都福原（神戶），君臣朝野無不嗟歎。延曆寺、興福寺的寺院神社都說遷都不宜。向來獨斷專橫的入道相國就說：「那麼，還是返回舊都吧！」後來，匆匆遷回舊都去了。

　　入道相國遷都的理由，據稱是因為舊都與南都北嶺都很近，稍微有點事，僧眾就以春日神木，日吉神輿為藉口，胡為鬧事。福原隔山隔水，路程也遠，不會輕易發生那樣的事。

　　京城中有人議論：「高倉宮進駐園城寺，南都僧眾與其同聲一氣，派人迎接，跟朝廷為敵，因此，南都和三井寺應該一起討伐。」消息傳到奈良，僧眾立刻聚集騷動起來。攝政公藤原基通曉諭：「有什麼要求儘管說出來，無論幾次，我都可以轉奏。」

　　僧眾置若罔聞。攝政公又派兼有官職的別當忠成為使者前去安撫。僧眾起鬨說：「把那傢伙從馬上拉下來，剪掉他的髮髻！」忠成驚慌失色，逃回京城。隨後又派右衛門佐藤原親雅前去。僧眾仍是大喊：「剪掉那傢伙的髮髻！」嚇得他也慌張逃回去。

　　入道相國獲悉此事，派遣備部下瀨尾兼康前去

奈良處理。兼康帶領五百多人馬赴任去。臨行前，相國囑咐：「一定要注意，即使僧眾胡鬧，也不可隨意動武，既不要披甲冑，更不要帶弓箭。」

南都僧眾不知內情，把兼康部下的低級士卒捉了六十多個，斬首級，掛在猿澤池畔。入道相國十分憤怒，說道：「那麼，就進攻南都吧！」便派平重衡為大將軍，率四萬人馬向南都進發。南都僧眾不分老少，共七千多人全都武裝起來，在奈良坂和般若寺兩處，將道路挖斷，掘出壕溝，築起壁壘，設置鹿砦，嚴陣以待。

平家四萬人馬分成兩路，對奈良坂和般若寺兩處城廓進攻，齊聲吶喊。僧兵徒步，手持腰刀。官軍則騎馬衝殺，東追西逐，箭矢連發如雨下。抵抗官軍的僧眾幾乎全部戰死；從卯時交戰，一直戰到天黑，奈良坂和般若寺兩處城廓都被攻陷。

進入夜戰，因為天色太黑，大將軍站在般若寺門前說道：「點起火來。」話音剛落，平家軍士便劈下一塊木楯，做成火把，將民房點燃。因為風勢極猛，開始只有一處火源，經狂風勁吹，許多伽藍神廟都著火燒了起來。

火中燒死的，東大寺大佛殿的樓上有一千七百多人，興福寺有八百多人，某一個殿堂有五百多人，另一處殿堂有三百多人，共計有三千五百多人。在戰場上戰死的僧眾有一千多人，有些人被梟首在般若寺門前，有些則被斬下首級送到京城去。

平氏一連串行動確實壓制了國都周邊的反平家勢力，然而，火燒南都也使平清盛蒙上佛教之敵的汙名。

俱利伽羅山頂衝出火牛陣

石川縣河北郡俱利伽羅峠古戰場

俱利伽羅峠位於石川縣河北郡津幡町俱利伽羅和富山縣小矢部市石坂的交界處，是條古道。1183年的源平之戰就在此地發生。「峠」是山頂、山路頂點之意。

俱利伽羅峠之戰又稱礪波山之戰。1180年在信濃國起義舉兵討伐平家的木曾義仲，翌年在橫田河原之戰中，擊敗由城助職率領的平氏大軍，勢力延伸到北陸。1183年4月，平家任命平維盛為總大將，統領十萬騎大軍前往北陸應戰；平家軍在越前國火打城戰勝木曾義仲，義仲軍撤退至越中國，平家軍試圖進入越中，卻在般若野敗給了義仲四天王中的今井兼平。

平家軍試圖分進合擊，平通盛和平知度領三萬餘騎前往能登國志雄山，平維盛、平行盛、平忠度等人則帶領七萬餘騎在加賀國、越中國的國境俱利伽羅佈陣。是年5月11日，義仲令源行家、楯親忠帶兵前往牽制志雄山的三萬平家軍，義仲本人則帶領主力部隊前進礪波山，以聲東擊西之計，祕派樋口兼光繞到平家軍背後。

就在當日夜間，義仲軍發動突擊，陷入混亂的

地景位置：
富山縣小矢部市礪波山古戰場。

上：俱利伽羅合戰
繪圖

左：源平俱利伽羅
峠合戰所在的
火牛陣地景

平家軍在撤退時遭遇樋口兼光埋伏，是夜，義仲軍效法春秋齊國田單的火牛陣，放出數百頭角上綁著火把的蠻牛衝入敵陣，製造混亂。陷入亂陣的平家七萬大軍唯一能逃離的只有俱利伽羅峠斷崖，奔竄推擠之際，軍兵紛紛跌落深谷，傷亡慘重，統帥平維盛歷經萬難逃回京都。

在俱利伽羅戰役中獲勝的木曾義仲一路挺進近畿，同年七月成功攻入京都。元氣大傷的平家軍只得護送安德天皇轉進西國。據稱，不少傷重的殘兵和眷屬，最後遁入離俱利伽羅峠不遠的岐阜縣大野郡白川鄉合掌村深山僻處隱居，與世隔絕。

遁隱合掌村

平家後裔居住地白川鄉合掌造聚落

1183年，北陸的俱利伽羅峠合戰，由平維盛和平行盛率領的平家軍，被木曾義仲精心設計的火牛陣夜襲擊潰，十萬餘騎僅剩二千餘，這些殘存武士，為了逃避源軍追殺，千辛萬苦越過重巒疊嶂的山林，藏匿於現今岐阜縣大野郡白川鄉深山，就地採用蘆葦草搭建簡陋房舍，方便隨時遷移，由於屋舍外貌有如兩隻手掌斜斜合攏，故取名「合掌造家居」建築群。數百年來，這群平家遺族始終過著與世無爭、

合掌村遠景

地景位置：
岐阜縣大野郡白川鄉荻町合掌聚落。

自給自足的生活；直到 1935 年，經由德國學者布魯諾‧陶德奇蹟似的發現，並將其揭露於世。保有日本傳統建築技術與聚落文化的合掌造，從此聲名大噪。

這座日本版「桃花源」的合掌造聚落，於 1996 年 12 月 9 日以「白川鄉與五箇山的合掌造聚落」為名，被聯合國教科文組織列為世界文化遺產。與福島縣的大內宿、京都的美山町並稱「日本三大茅屋之里」。

白川鄉位於岐阜縣西北端，五箇山在北邊相鄰的富山縣境內。鄉內共有五座合掌造聚落，是個四面環山、水田縱橫、河川流經的寧靜山村，屬於飛驒地方。村落內，用茅草人字形木屋頂建造的合掌造民宅連成一片，其中以擁有一百一十四棟合掌造的荻町最壯觀。聚落主要分布在庄川東岸，溪水蜿蜒流過南北約一公里長的河濱谷地上。

當地人稱合掌造為 Gassho-zukuri，意指外型猶如兩隻手掌斜斜合攏，其厚重的蒲葦草頂更像是一本打開倒扣的硬皮洋書。三百年前，住民為了適應山谷環境，將木造住家的屋頂設計成 60 度斜角的正三角形，並就地取材，利用乾草堆疊覆蓋屋頂，除了抵擋寒風之外，60 度斜角尚可讓屋頂承載厚重積雪，同時使積雪自然崩落。

倚在田間花叢裡，仰望錯落在谷地每一幢歷史悠久的合掌造，田園、寺院、水車小屋以及滿園紛紅駭綠的波斯菊，猶如虛幻的童話世界，真實的投射出眼見為憑的畫影；這美得令人屏息的景致，映入即將接近黃昏時刻，淡藍天空的布幕下，竟充滿開朗不已的豁然氛圍，使人心情不禁明晰起來。

屋前花叢、庭前水池，以及池面浮萍水草，照映合掌屋的影子垂

平家遺族藏匿於岐
阜縣白川鄉深山

直其上，某種既真實卻又令人感到虛假的幻覺，不斷從迷濛的眼眸昇起。漫步走在田間小路，心情開始呈現不安景況，就像快要無法承受真實世界的美學，直撲撲袒露眼前；那是一種被美的氣燄吞噬，神情忽然出現望而卻步的低迴激盪。

從山間吊橋走進荻町合掌聚落，一幕幕「良田、美池、桑、竹之屬，阡陌交通，雞犬相聞」的面貌，像觸手可及似地一一浮現在摺疊幽影的山谷間，坐沉桃花源美麗的山風足音。

聽，合掌村的山風發出一陣又一陣幽寂的寧靜聲。

近黃昏時刻，走在合掌造聚落，合掌屋無所不在的出現眼前，忽見炊煙冉冉昇起，幽寂的沼池不經意喚來幾隻粉蝶，悠然的在沼池邊的花叢堆裡翩翩起舞，喞啾的鳥語聲也此起彼落的叫響田園之樂，像是整座山谷都在歌唱一樣的生動起來。

如此一說，就不知生活在聚落的平家後裔，如何看待千年前兩個武士集團所形成的源平政爭？以及武士治國的紛擾政局？武士身分被迫成為農夫，合掌造聚落的村民可安於現狀？

天色已晚，聚落小燈一盞盞亮了起來。

平家武士的榮枯盛衰

四國高松平家物語歷史館

　　四國高松市曾是源平之戰「屋島之戰」的主戰場，如今以蠟像製作小說中的人物造型，重現日本家喻戶曉的「軍記物語」名著《平家物語》經典場景的「高松平家物語歷史館」，格外具意義；館內二樓以十七個場景，約三百座蠟像，佐以燈光及音效，製作嚴謹，展現平家武士集團榮枯盛衰的歷程。逼真的蠟像，磅礡的場景，使人猶如置身小說之中，平清盛、平教經、平重衡、安德天皇、源義經、建禮門院等人紛紛出現眼前，叫人嘖嘖稱奇。

　　另外，一樓還設置有約四十名出生四國的各界名人蠟像，如：空海法師、坂本龍馬、正岡子規、大平正芳、水原茂等，以及棒球名人、知名政治人物，活靈活現，栩栩如生。這間以日本最大蠟像館為號召的歷史博物館，關於《平家物語》武士集團的著名歷史場景，包括：

　　第1景「平忠盛抓鬼」、第2景「非平氏家族不是人」、第3景「拜訪佛御前和祇王」、第4景「受辱的清盛之孫和攝政基房」、第5景「只赦免俊寬」、第6景「怪物」、第7景「平家軍大敗於富士河」、第8景「平重衡燒討奈良大佛」等。

高松平家物語歷史館
第10景「一ノ谷合戰」

地景位置：
香川縣高松市朝日町3丁目6番38號。JR高松車站→朝日町線→高松平家物語歷史館前下車，徒步2分鐘。入場費幣1200円。

1. 福岡縣

　　博多名產豚骨拉麵是日本三大拉麵之一。白色湯頭與獨特的味道為其特色，濃郁香醇不油膩。

　　除了著名的一蘭拉麵、一風堂拉麵；博多拉麵的元祖「長浜屋台拉麵」的特色，在於黃澄澄的麵條中加上紅薑和芝麻，以及翠綠青蔥，煞是好料；尤其豚骨湯頭不致油膩，味道樸實無華，果真能在慢嚼細品中感受麵食真正的美味，稱得上人間美味。屋台美食尚有煎餃、黑輪、燒烤、天婦羅等。

　　或者，就在月明星稀、街燈搖曳的夏日夜晚，穿越博多橋，沿著那珂川，走進攤販林立的河邊，一碗拉麵、一盤天婦羅、一碗黑輪、一串燒烤，享受博多的一番繁榮景致。

　　福岡伴手禮就屬明太子，主要是以鱈魚卵製作的醃漬品，這是博多最具代表性的特產。七月初到博多，還可見到「博多祇園山笠祭」，或到「中洲不夜城」購物。

宮島商店街名產
牡蠣便當

2. 廣島縣

　　宮島商店街最具特色的名產為牡蠣、牡蠣便當、紅葉饅頭和木製飯杓。

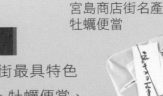

3. 京都府

　　京都御所（平清盛之父平忠盛昇殿之所）在京都市上京區。

　　京都市東大路通「信三郎帆布」生產的手工布包，深受台灣遊客喜愛，價格昂貴，格調優雅。

宮島商店街販賣的飯杓

4. 神戶市

　　能福寺（平清盛出家和遺骨埋葬地）‧兵庫縣神戶市兵庫區北逆瀨川町 1-39。

　　清盛塚和琵琶塚（平清盛雕像）‧神戶市兵庫區切戶町 1-3，中央市場車站徒步約 5 分鐘。

京都市東大路通的「信三郎帆布」

　　雪見御所跡（平清盛在神戶的別莊）‧神戶市兵庫區雪御所町 2-1 湊山小學校西北方。

　　清盛湯屋（湊川上溫泉）‧神戶市兵庫區雪御所町，平清盛別莊旁的湯屋。

　　祇園神社（潮音山上伽寺）‧神戶市兵庫區上祇園町 12-1，有馬道和平野交差点。

　　太山寺（平家在福原參拜的寺院）‧神戶市西區伊川谷町前開 224。

宮島紀念品大鳥居與鹿

神戶平清盛琵琶塚

飛驒地區沒有五官
的飛驒娃娃紀念物

丹生神社（日吉山王權現，平清盛登階賞月）‧神戶市北區山田町坂本。

布引の瀧（平家傳說）‧神戶市中央區。

安德天皇行在所（荒田八幡神社境內）‧神戶市兵庫區荒田町 3-16-10。

福原遷都八百年の碑（荒田八幡神社境內）‧神戶市兵庫區荒田町 3-16-10。

熊野神社（平清盛福原遷都祈願之地）‧神戶市兵庫區熊野町 3-1-1。

5. 岐阜縣

白川鄉荻町合掌聚落的土產大都為竹、木手工藝紀念品，買個有合掌造的風鈴也不錯。

有「小京都」之稱的高山市就在白川鄉不遠處，有高山陣屋跡、高山市三町筋舊街、櫻山八幡神社屋台藏等舊跡和舊街好玩；著名的代言物是沒有五官的飛驒娃娃、絲綢，以及香醇的高山美酒。

6. 高松市

「高松平家物語歷史館」販賣部出售相關《平家物語》書刊和手工藝品、紀念品。高松饅頭餅、瓦片餅不錯，高松車站出售的弁當很特別。

第四話

櫻花武士佐藤義清

——平安時代鳥羽上皇的北面武士

若問吾所望，願於二月月圓際，
亡於春寒而葬於花下。

——西行法師

弔祭我的人以櫻花供奉

1118 年出生京都的佐藤義清，父親左衛門尉佐藤康清，母親監物源清經女，鎮守府將軍藤原秀卿的九世孫，平安末期武士，跟平清盛同年出生，關係良好。因精通「蹴鞠」、「流鏑馬」武藝與和歌天賦，被鳥羽上皇任命為左衛門尉，司北面武士（上皇御所北面所設御前侍衛）。鳥羽上皇去世時，時為西行的佐藤義清前往弔唁，歌吟：「今宵將棄身效君，以兌淺知誓言」。

擁有家室，且育有一子一女，卻與崇德上皇的愛妃待賢門院璋子產生戀情，後又見好友憲康猝世，感歎人世無常；保延六年（1140），佐藤義清決意捨官、棄武、拋妻、棄子，獨自前往京都嵯峨雙林寺出家，法名西行，法號圓位，又稱大寶房、大本房、大法房。時年二十三歲。出家時，女兒抱住他的腿不放，但被心意已決的義清踢倒在地。長大後，女兒也削髮為尼。

佐藤義清於崇德天皇保

佐藤義清出家後法名西行

佐藤義清出家時，女兒抱住他的腿不放，
但被心意已決的義清踢倒在地

待賢門院璋子繪像

延六年出家，關於此事，平安王朝的公卿、學者藤原賴長在其日記《台記》中記述道：「俗時心自屬佛道，家富年少，心無愁，遂以遁世，人譽之美。」在平安時代，脫離原來的生活皈依佛門並非罕事，然而，身為前程似錦的權門嫡子的武士，佐藤義清年紀輕輕便捨棄情愛義理，削髮出家，吟歌脫俗，使人讚佩不已。

相傳，「西行」法號的命名，根源於希求西方極樂淨土的「淨土信仰」。依據窪田的說法，西行出家目的是為自我實現，追求純粹信仰更甚於成為佛門翹楚，並不想以學問僧立身，只欲親身領悟信仰與和歌，磨練文學技藝。他認為：武家的風雅，在和歌，在音樂，在櫻花。

出家後在各地漂泊、結草庵，巡遊諸國的西行法師，性淡泊輕名利，除學習天台止觀、念佛淨土、真言密教之外，亦和藤原俊成、藤原定家、藤原家隆等和歌詩人為友。期間曾往讚岐國（香川縣）參拜

西行和歌

白峰陵（崇德上皇御陵）。文治二年（1186）為籌措東大寺大佛殿的重建事宜前往奧州，途中拜訪鎌倉的源賴朝、平泉的藤原秀衡。

　　平清盛奉父命修建高野山熊野大社本宮寶塔，因遭逢弟弟平家盛去世，西行特地前往見他，說道：「只有飽經風雪之人，才可見到無窮之美。」並吟歌：「心寒若凍，清冷料峭，為見衣川，今來之猶然。」

　　畢生追求世間萬物之美的西行，既是武士，又是僧侶，且是歌人，他的和歌，平淡中有詩魂的律動，文詞優雅，具有修行者清冽枯淡的心境和個性，被認為是和歌史上足以跟柿本人麻呂匹敵的歌人，是平安末年幽玄之風的代表人物，人稱「歌聖」；

因癡情櫻花，並稱「櫻花詩人」。

　　《新古今和歌集》選錄有西行九十四首和歌，後鳥羽天皇稱他是「天生歌人」，一個鍾情於隻身前往人跡罕至的深山探幽訪勝的行吟詩人，他的著作有：《山家集》、《御裳濯川歌合》、《宮河歌合》、《別本山家集》等歌集，不僅獲得極高評價，更深刻影響芭蕉、似雲等後世文人。所作〈苦竹〉：「夏天的夜，有如苦竹，竹細節密，不久之間，隨即天明。」深受世人喜愛。

　　建久元年（1190）二月十六日，西行於河內國（大阪府）弘川寺圓寂，享年七十三歲。

　　名句「願わくは、花の下にて、春死なむ、その如月の望月のころ」（若問吾所望，願於如月（二月）月圓際，亡於春寒而葬於花下。）是西行法師去世之前所作。

　　　　　　　「ほとけには、桜の花を、たてまつれ、我が後の世を人とぶらはば」（余長眠之時，後世之人啊，欲憑弔我者，以櫻花供之）是西行法師辭世言之一，後來刻入其墓碑上。

　　　　　　　「歎けとて　月やはものを　思はする　かこち顔なる　我が涙かな」（望月空長嘆，勾出千絲愁，月兒何罪有？嗒然淚潸潸。）被選入《小倉百人一首》。

弘川寺西行歌碑

我願在春天的櫻花下死去

京都勝持寺西行櫻

勝持寺又名花の寺

地景位置：
勝持寺位於京都市
西京區大原野南春
日町。

西行法師是廣為世人熟知的「櫻花詩人」，他在京都勝持寺所植櫻樹，被後人暱稱「西行櫻」。

世阿彌的能樂〈西行櫻〉裡，描述西行法師居住西行庵時，曾於夢中與櫻精相見。原文描述：很久以前，幻想鄉有一位歌聖，熱愛自然，據說直到臨死前都在旅行。當悟到自己的死期將至，遂意在美麗的櫻花樹下長眠。自此以後，歌聖鍾愛的那棵櫻花樹，花開燦爛，令人著迷，不少人後來也隨歌聖在那裡長眠。

西行一生吟詠櫻花的和歌達 230 首之多，從未有哪個大和歌人能像西行對櫻花投入如此癡狂熱情。「癡心盼花花亦知，惟恐心亂花亦殘」，述說急切盼望櫻花綻開；「恨無仙人分身術，一日看盡萬山花」，敘說對櫻花一片癡情；「春風無情吹花落，醒來猶自黯神傷」，描繪對櫻花凋謝的惋惜；「賞櫻怎忍花凋零，莫令花落祈春風」、「今宵惜花花亦殘，落英埋身樹下眠」，則是不忍櫻花凋落。

具有美麗死亡魅力的櫻花，簡直就是西行全部的生命呀！

佐藤義清出家戒名西行後，曾在京都駐留過的

勝持寺，白鳳八年（680）由天武天皇勅令創建，延曆十年（791）桓武天皇勅令傳教大師再建，並奉藥師瑠璃光如來本尊。寺院植有滿園以西行法號為名的西行櫻，每年春季約有近五百株櫻樹競相開花，賞櫻遊客絡繹不絕；因此，勝持寺又稱「花の寺」。寺院寶物館收藏有國寶如意輪觀音半跏像，重要文化財產藥師如來坐像。

勝持寺西行櫻

櫻花叢裡的西行庵

奈良縣吉野山西行庵

西行吉野山修行圖

地景位置：
西行庵，位於奈良
縣吉野郡吉野山。

吉野山位在奈良縣中部，是吉野川南岸到大峰山脈北端山稜的總稱，或是以金峰山寺為中心的山地之廣域地名。

自古以來，吉野山以「一目千本」的賞櫻所聞名於世，據稱，在吉水神社看一眼漫山遍野盛開的櫻花，可以讓人年輕十歲；這些櫻花始自平安時代所植，大都為白山櫻。

昭和十一年（1936）二月，吉野山被指定為吉野熊野國立公園；大正十三年（1924）十二月，指定為國家名勝史跡；平成二年（1990），入選為賞櫻名所 100 選之一。平成十六年（2004）七月，吉野山和高野山熊野大社，以及參詣道等以「紀伊山地的靈場和參拜道」登錄為聯合國教科文組織的世界遺產。

吉野山同時是諸多歷史名人登場的地方，如：延元元年（1336）後醍醐天皇潛居到此，在吉水院的宗信掩護下，將吉水院定為南朝行宮。再如：文祿三年（1594）豐臣秀吉在這裡舉行盛大的花見宴（賞櫻宴），其中，又以文治元年（1185）源義經被兄長源賴朝追殺逃亡，和愛人靜御前、愛將武藏

坊弁慶一起潛避到吉野山最為後人熟知。

　　西行法師亦曾在吉野山修行，並寫下數首關於吉野櫻花的和歌，「よし野山こずゑの花を見し日より心は身にもそはずなりにき」（吉野山之櫻，燦爛綻放於春際。一見此花開，吾心已為櫻痴狂，而離身相伴花側）。

　　位於吉野山「金峰神社」西側山道，「奧の千本」櫻花林急坂左下台地，靜謐的坐落西行法師修行的「西行庵」，空寂庵房供奉西行坐像，由人參拜。

　　櫻啊，西行的和歌靈魂。

吉野山西行庵

西行返還松公園

宮城縣松島灣、松公園

「西行戻しの松」
公園

地景位置：
位於宮城縣松島町
松島字犬田。從
JR 仙石線松島海
岸站徒步約 20 分
鐘。從 JR 松島站
開車約 5 分鐘。

鎌倉初期，歌人西行法師曾到訪宮城縣松島灣，與「天橋立」和「宮島」同列日本三大名景的「松島」巡遊。

松島，面臨宮城縣松島灣，海岸景觀壯闊無比，極盡視覺之美。因峭拔於海面上的小島，長有蒼松而得名。松島星羅棋布的島嶼在水氣迷霧裡顯現詩情畫意，人稱「八百八島」，俳句名人松尾芭蕉亦曾造訪松島，面對這片美不勝收的海天景致，竟搜尋不出任何讚譽形容，索性感嘆的說：「松島呀！啊！松島呀！」

松島以遍布在宮城縣中部、松島灣沿岸，以及松島灣上二六〇座嶙峻不一的島嶼，扇谷、富山、大鷹森和多聞山組合成的島嶼群為總稱，景致秀麗；站在岸邊可欣賞松島各種不同的水姿島貌，有如置身蓬萊仙境，因此又被喻為「松島四大觀」。

走上棧橋，搭乘遊船出海環繞松島灣，穿梭於各島嶼之間，海鷗即刻成群結隊尾隨啪啪啟航的遊船，一路緊跟不離；遊客順勢將上船時預先買來的仙貝餅乾，大把拋擲半空，飛翔英姿俊美的海鷗，

像表演空中接食的絕技，紛亂之際，每一回都能啄食成功，把松島灣海面編織成一幅生動畫景。

　　位於松島灣的「西行戻しの松」公園，軼聞傳說，西行上人曾在一棵高大松樹下，跟一名修禪青年論禪，兩人各持己見，最後，西行不知何故，沮喪的放棄繼續雲遊松島的計劃；後人意欲西行返還松島，所以才有「西行戻しの松」公園。

　　園區植有七百多株西行喜歡的櫻花樹，每年四月中旬到五月上旬是櫻花盛開期。站上白衣觀音堂前的展望台，可一望無際的瀏覽松島灣盛景。

「西行戻しの松」公園之櫻

佐藤義清・
歷史旅行の名景名產

1. 茨城縣

　　茨城縣袋田區大子町的月居山流淌著一條名震遠近的「袋田瀑布」，它與華嚴瀑布、那智瀑布並稱日本三大瀑布。袋田瀑布位於月居山中部，全長 120 米，寬 73 米，從層巒滑至四段岩壁縫隙飛瀉而下，氣勢宏偉壯麗。瀑布的正面有觀瀑台。西行法師讚譽：「每個季節如果不去拜訪，就體驗不到瀑布之美。」這段佳話廣為流傳。西行曾四度到此修行，所以又稱「四度瀑布」。特產是手工編織的草帽。

茨城縣袋田瀑布

吉野山紀念物

2. 吉野山

　　到奈良縣吉野山賞櫻，可購買當地名產「吉野葛」以及用吉野葛製作的葛菓子；柿葉壽司、櫻花漬、櫻花羹、櫻葉御餅、櫻花酒、櫻花冰淇淋等皆為土產名物。

櫻花酒

松島灣藝品店前的
松尾芭蕉雕像

3. 宮城縣

　　松島美景名不虛傳，難怪歌人西行法師、俳人松尾芭蕉讚不絕口。松島名產：牡蠣。

第五話

左馬頭源義朝

——平安時代「源氏武士集團」首領

武士道，
視死亡為等閒之道也。

——葉隱

懷怯心者刃，賴勇氣者敗

1123 年出生的源義朝，平安末期河內源氏武將，左衛門大尉清和源為義的長男，驍武有勇略，任下野守，卻與在京都擔任「檢非違使別當」的父親個性不睦，離開京都，隻身前往南關東相模發展。不久，調返京都，相模地盤讓長子源義平接收，源義平素有「鎌倉惡源太」之稱，其「惡」非逞兇鬥狠、為非作歹之「惡」，係指其個性剛烈，後以鎌倉為根據地北上發展勢力。

久安三年（1147），源義朝的三男源賴朝在尾張國熱田出生，幼名「鬼武者」。尾張國熱田神社是源義朝元服之地，格外具有感情。原來，源義朝的妻子，也即源賴朝的母親是熱田神宮大宮司藤原季範的女兒由良御前。

源義朝生育九子：長子源義平，橋本的遊女所生，平治之亂後單獨潛入京都企圖暗刺平清盛，失敗被殺。

次男源朝長：波多野義通的女兒所生，平治之亂逃往關東途中遇到「落ち武

野間大坊的
源義朝雕像

者狩り」（村民獵殺武士討獎賞活動）受傷，傷口惡化而死。

　　三男源賴朝：正室由良御前所生，平治之亂逃亡被抓，因平清盛的繼母池禪尼認為他長得像她早夭的兒子，嘆願助命而免於一死，後被平清盛放逐到伊豆國的蛭ヶ小島。

《平治物語》中敗走的源義朝一行

四男源義門：由良御前所生，平治之亂後，源軍敗北途中戰死。

五男源希義：由良御前所生，平治之亂，伯父藤原範忠跟朝廷求情免死，流放到土佐國介良莊（現高知縣高知市介良）。

六男源範賴：池田宿遊女所生，平治之亂後由養父藤原範季暗自收養。

七男阿野全成：常盤御前所生，送往醍醐寺出家。

八男源義円：常盤御前所生，送往園城寺出家，1181 年支援叔父源行家在墨俣川之役中戰死。

九男源義經：常盤御前所生，送往鞍馬山鞍馬

源義朝廟

寺修行，1174年跟黃金商人吉次信高出奔奧州，後加入源賴朝陣營，戰功彪炳，為兄長追殺，於高館自盡，成為源平之役最著名的悲劇英雄。

源義朝的兒子多，卻不是個個驍勇善戰，一家子爸爸殺爺爺，大哥殺二叔，哥哥追殺弟弟，十分紊亂，為權勢可以不顧倫常、義理，武士精神蕩然無存。

保元元年（1156）發生「保元之亂」，這場宮廷鬥爭，分明是後白河天皇、崇德上皇、藤原賴長和信西入道所策動的權勢之戰；源為義、平忠正支持崇德上皇，源義朝與平清盛支持後白河天皇，並獲得最終勝利，平清盛贏取後白河天皇信賴，被擢升擔任播磨守及大宰大貳。源義朝的父親源為義與四弟源賴賢因支持崇德天皇，兵敗被處死。論功行賞，源義朝比正四位平清盛的大宰大貳低很多的官職，他被派往馬寮當「馬寮官」稱「左馬頭」，心中甚為不滿。

此後，平清盛與藤原信西聯手擴張權力的企圖，讓藤原信賴與源義朝大表不滿，兩人舉兵對抗。平治元年（1159），源義朝等謀反，幽禁後白河上皇，遷徙二条天皇。平清盛起兵平亂，翌年正月，誅滅源義朝官軍，史稱平治之亂。

這場戰役最後由平清盛取得勝利，源義朝逃亡東國途中遭暗算誅殺，以源義朝長子源義平為首的源氏族人均遭重刑，遭逮捕的三男源賴朝最後被處以流放到伊豆國，平清盛自此奠定武家政權的基礎；然一時之仁，未對源氏一族趕盡殺絕，縱放源賴朝，為日後平家滅絕種下禍因。

遇見源賴朝的母親
名古屋市熱田神社

《平家物語》一書云：「我朝從神代流傳至今的寶劍有三口，十握劍、天早切劍、草薙劍。十握劍收藏於大和國石上布留神社；天早切劍收藏於尾張國熱田神宮；草薙劍收藏於皇宮中。」

尾張國即今之名古屋，關於熱田神宮，《平家物語》記載，某日，源義朝前往熱田神宮途中，擊倒了勒索神宮大宮司藤原季範的盜賊，季範向女兒由良御前介紹源義朝，而源義朝對這名性情剛毅的女子頗為心動，後娶為正室。

又說，1174 年，遮那王源義經十六歲某日，傳說有位叫吉次信高的黃金商人到訪。吉次信高因經常往來京都與陸奧，與奧州藤原氏鎮守府將軍藤原秀衡深交，此次來訪乃因藤原秀衡聽聞源氏遺族遮那王有討平大志，欲傾力相助，遂託吉次信高轉達，並助遮那王出奔奧州。遮那王當下決定投奔奧州；是日，喬裝混入吉次信高的商隊出走。途經熱田神宮，遇見前大宮司藤原季範的族裔，藤原季範正是父親源義朝正室由良御前的生父。遮那王在戚族及吉次信高等人的注目下完成「元服」，取源氏代代相傳的「義」字，以及初代先祖源經基的「經」字，

樹洞住有象徵吉祥長蛇的大楠樹

地景位置：
愛知縣名古屋市熱田區神宮。從名鐵名古屋本線的神宮前站步行約 3 分鐘。

改名「源九郎義經」。亦有一說，指義經乃於其父義朝為叛臣所殺的宅第裡完成元服儀式。

熱田神宮與伊勢神宮並稱日本二大神社，創建於三世紀，重建於一九三五年。神宮內祭祀日本皇室三種神器：草薙劍、八咫鏡、八阪瓊曲玉；其中代表武力和威權的草薙劍，是歷代天皇傳承、象徵皇位繼承的神器。整座神社建築，充滿莊重肅穆的氣氛，稱「熱田之森」。

神宮占地廣達十九多萬平方公尺，境內有兩座造景的雲見山和蓬米山，遍植高聳茂密的古老檜木、樟樹、欅樹成林，其中一棵「大楠」，樹齡約千年之久，傳說是弘法大師空海和尚親手所植，樹洞住有象徵吉祥的長蛇。

神宮主殿外，尚有神樂殿、寶物館、神樂會館，其中寶物館收藏近四千多件寶物。

熱田神社鳥居

浮生光陰到此終

愛知縣美浜町野間大坊

保元之亂，為後白河天皇立下大功的源氏家族首領源義朝，因不滿封位比平清盛低，乘平氏家族離開京城參拜神社之際，聯合藤原信賴拘禁上皇和天皇，甚至殺了天皇親信。在外的平清盛聞訊，立刻趕回京城，迎戰源義朝。

平治元年（1159），戰鬥開始，雙方態勢已分高下，源義朝僅八百騎，平清盛全軍三千騎之多。負責警衛陽明門的源光保、源光基見形勢不利，倒向平氏。源義朝等人雖奮力做殊死戰，怎奈軍心渙散，於三条河原遭擊，家臣山內首藤俊通和片桐景重抵死護衛下，源義朝才順利逃出戰場。

逃逸的源義朝率領長男義平、次男朝長、三男賴朝、一族的義隆、義信、重成、家臣鎌田正清、齋藤實盛、涉谷金王丸等黨羽準備逃向東國，途中又遭到野武士襲擊，朝長、義隆、重成身亡，年少的源賴朝失散，義平逃往飛驒。

十二月二十九日抵達尾張後，源義朝住到尾張內海莊司長田忠致宅邸中，但長田一族卻興起異心，謀殺源義朝，義朝的乳兄弟鎌田正清也一起遇害。二人首級被送往六波羅，永曆元年（1160）元月九

地景位置：
愛知縣美浜町野間東畠。左臨伊勢灣。名鐵知多新線野間車站下車，向西走 600 公尺，徒步約 9 分鐘可達。

日在京都獄門示眾。

　　源義朝在尾張長田家遭暗算刺殺，後人遂將其用刀葬於現今愛知縣野間大坊，名「源義朝刀塚」，俗稱「源義朝の廟所」，上書「我に小太刀の一本でもあれば討たれはせん」（只要有一把刀在手，也不致被賊人所殺）。

　　「野間大坊」位於愛知縣知多郡美浜町，屬真言宗豐山教派寺院，本尊奉阿彌陀如來，山號鶴林山，正式名稱「大御堂寺」。寺院內尚有源義朝家臣鎌田政家之墓、池之禪尼供養塔、織田信長三男織田信孝之墓。

野間大坊本堂

1. 名古屋

　　名古屋一帶舊稱尾張國，位於愛知縣西部，僅次於東京都區部、橫浜市及大阪市的第四大城，市內有五條地鐵及一條磁浮列車，交通方便。江戶時代曾是德川家族的重要城邑，不少古代武將都出身這個區域，包括：源賴朝、織田信長、豐臣秀吉、德川家康、柴田勝家、丹羽長秀、前田利家、加藤清正、佐久間信盛、佐久間盛政、佐佐成政、前田利益等。NHK 電視台 2012 年大河劇《平清盛》，飾演在尾張國遇刺身亡的「坂東霸主源義朝」的男演員玉木宏也是出生名古屋。

　　前往三世紀建成的「熱田神宮」之餘，尚可走訪著名的名古屋城、德川美術館和德川園。

　　名古屋城是愛知縣名古屋市的城堡，江戶時代是尾張藩藩主居城，別稱「金城」、「金鯱城」。日本 100 名城之一。名古屋城現已規劃為城市公園，是居民散步休閒的空間。每年春天櫻花祭、三月的山茶花展、五到六月的杜鵑花展，以及秋季菊花展，不同的季

名古屋城

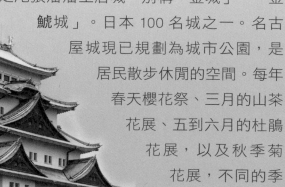

名古屋名物：鰻魚丼

名古屋近郊的
長島 Jazz Dream Outlet 購物中心

節運用不同的應時花卉，將名古屋城妝點得分外美麗。鄰近商店可選購名古屋城造型的紀念品。名古屋名物：豆醬汁炸豬排、鰻魚丼、紅燒雞翅等都具特色。

位於名古屋市東區德川町的「德川美術館」，收藏德川家康和尾張德川家歷史文物，是一間展示德川幕府文物的美術館，成立於 1935 年，德川義捐贈約一萬五千多件「大名道具」，從豐城秀吉、德川家康和尾張時代藩主的甲冑、刀劍和千代姬嫁到德川家時的嫁妝，以及日本文學鉅著《源氏物語繪卷》畫冊、國寶窯變天目茶具等藝術珍品和傳家寶。並定期展示德川幕府時代大名將軍家使用過的日常用品、書籍文物和刀槍鎧甲等。館內出售相關《源氏物語繪卷》複製品、紙類工藝品等。

名古屋近郊的長島 Jazz Dream Outlet，是著名的購物中心。從名

古屋車站搭乘名鐵巴士，約四十分鐘可達。

2.美浜町

「野間大坊」所在地愛知縣知多郡美浜町，臨近伊勢灣，屬於知多半島五市五町之一。伊勢灣是中部地區南方海灣，也是日本水域面積最大的海灣，漁場多，海鮮料理特別豐盛。2005 年 2 月 17 日啟用的中部國際空港（名古屋空港）就位於美浜町左上方，常滑市的外海小島上。

美浜町有：小野浦、野間、若松、奧田等海水浴場，海灘沙質細柔，風光旖旎。盛產健康鹽。

野間大坊
源義朝刀塚

第六話

鬼武者源賴朝

——鎌倉幕府第一代將軍，武家政治創始人

一朝榮華一杯酒，
五十三年一覺間。

以仁王令旨舉兵的武將

久安三年（1147），源賴朝出生於尾張國熱田區（現今名古屋誓願寺門前的石碑地），為源義朝三男。母親是熱田神宮大宮司藤原季範的女兒由良御前。賴朝幼名「鬼武者」，或「鬼武丸」；弟弟源義經叫「牛若丸」。

平治元年（1159）年僅十四歲的源賴朝任兵衛佐，平治之亂中，隨父親左馬頭源義朝起兵反抗平清盛，兵敗被俘，削去官職，本欲斬首，後因居住在池殿，出家為尼，稱「池禪尼」又稱「尼君」的平忠盛後妻，也就是平清盛的繼母，見其容貌長得頗像她夭折的兒子平家盛，乃嘆願助命懇求平清盛寬容，源賴朝死罪得免，於永曆元年（1160）三月，被平清盛流放到伊豆國的蛭ヶ小島。

平治之亂使源賴朝成為兩雄爭鬥的犧牲品，被流放到政治和經濟都落後的伊豆半島，長期過著孤獨生活，加上不得志，養成他堅韌的忍耐力和強烈的復仇心。身居窮鄉僻壤，源賴朝清楚看到人民對平氏的不滿，也深知地方武士的苦衷。他積極注視平氏

源賴朝繪像

動向，冷靜而周密地分析形勢，堅信「凡此二三年，彼禪門及子孫可擊敗之」。

伊豆國流徙之徒源賴朝竟於 1180 年打著「仁王令旨」旗號，聯合源氏各系子孫，從伊豆國石橋山一帶舉兵討伐平氏，敗後渡海逃往安房（今千葉縣南部）。十月在富士川之戰中獲勝，隨後借助當地武士勢力占據鎌倉，稱「鎌倉殿」。

平家人不解，至今已度過二十多年，這麼多年來一直平平安安地生活，為什麼到如今才發起謀反？據說是因為高雄的文覺上人慫恿的緣故。

後來得知，原來，鎌倉二位朝臣源賴朝的亡父，故左馬頭源義朝的真正首級，有一天，由文覺上人掛在胸前，鎌田兵衛的首級由文覺的弟子吊於頸下，送至鎌倉。治承四年（1180）時，文覺上人亦曾拿出義朝首級，用以激勵源賴朝興兵起事，但那並非真正左馬頭遺骸，是文覺隨便找了個不相干的舊骷髏包在白布裡。源賴朝自興兵起事直到平定天下，一直信以為真，如今才又重提此事。

當年，左馬頭源義朝生前最中意的染布匠，看到獄門前掛著左馬

源平合戰繪圖

頭的首級，無人為他弔祭，心中很是悲傷，因而懇求當時的檢非違使准他收下首級，收殮起來。他說：「兵衛佐源賴朝雖被流放，但日後定會發跡，將來得勢，會要尋找的。」於是把首級深埋於東山圓覺寺裡。後來文覺訪知此事，便帶著這位染匠到鎌倉。

接報說文覺將到鎌倉，源賴朝前往片瀨河迎接。他穿著一身喪服，一路舉哀，迎入鎌倉，請來高僧站在台上，源賴朝本人立於庭院中，舉行奉迎父親首級大典，情狀十分悲哀。在場的大名小名，無不落淚。之後，鑿劈山巖，修築寺院，把父親遺骨供奉其中，號稱「為勝長壽院」。朝廷得知此事，為表哀悼，特追封故左馬頭義朝為正二位內大臣。當時傳達聖旨的敕使為左大辨源兼忠。世人都說：賴朝卿以武勇聞名，不僅立身興家，而且使亡父加官晉爵，真是難得。

再來說，源賴朝在富士川之戰獲勝後占據鎌倉，1183 年建立東國政權，與進入京都的武將木曾義仲和西國的平氏對立。1184 年派其弟源義經率軍西征，討滅義仲。次年經壇の浦海戰滅絕平氏。隨後又藉口源義經意圖謀反，以太上天皇名義控制各地軍政大權，並通令緝捕源義經。1189 年率軍遠征陸奧羽，消滅保護源義經的藤原泰衡，並逼迫在源平之戰中為源氏立下汗馬功勞的同父異母弟弟源義

經在高館自盡身亡；生性好疑、輕信讒言、枉殺功臣、僅有己見的源賴朝終於達到隻手遮天的地步，進而確立全國武家政治體制。

1190 年，源賴朝出任權大納言兼右近衛大將。1192 年太上天皇過世，任征夷大將軍，建立日本歷史上第一個武士政權「鎌倉幕府」。歷史學者稱源賴朝為：日本鎌倉幕府第一代將軍，武家政治創始人。

出生尾張國熱田的源賴朝，本是被放逐伊豆國的「浪人武士」，他在亂世中崛起，短短十幾年間，從一名流犯，擊敗貴族階級的實權派平清盛一族，六年時間征服所有對手，一躍成為威名顯赫，統帥全日本武士階級的將軍。他的事蹟，引起無數史學家興趣，進行探索他怎樣能威懾群雄，取得成功？又如何鞏固鎌倉武士政權？

創建鎌倉幕府，象徵由中央貴族掌握實際統治權的時代結束，在貴族時代地位甚低的武士終獲榮登歷史舞台最高階級，這些人鄙視平安王朝貴族萎靡的生活，崇尚以「忠君、節義、廉恥、勇武、堅忍」為核心的武士思維，結合儒學、佛教禪宗和神道，形成武士的精神支柱「武士道」。

鎌倉幕府成立，代表天皇成為傀儡，幕府才是實際操控政治的中心。自此，日本歷史開始延續了近七百年公武政權並存的政治局面。

源賴朝深刻體認皇室乃精神上的旗幟，承認皇室存在為前提下，他在鎌倉建立武士政權，表面上鎌倉政權和朝廷是雙重並立，實質上，鎌倉政權以強大武士集團為支柱，迫使皇室屈服，仍以鎌倉幕府為中央集權政府。而鎌倉政權的歷史意義，在於它既維護了國家統一和安定，也順應潮流，促進生產發展，從這一點來看，源賴朝不愧為日本歷史中的重要武將。建久十年（1199）去世，享年五十三歲。

被流放到不毛之地

伊豆蛭ヶ小島

《平家物語》說，源賴朝因為父親左馬頭源義朝在平治元年（1159）十二月謀反失敗，於永曆元年（1160）三月，年僅十四歲就被放逐到伊豆國。後來，跟伊豆國豪族、武將北条時政的女兒北条政子結婚，兩人在伊豆不毛之地「蛭ヶ小島」度過二十多年沉寂生活。

1180年某一天，文覺上人到蛭島探訪，文覺本是渡邊藤原忠文後裔，遠藤茂遠的兒子，叫遠藤武者盛遠，是上西門院從事雜役的武士，十九歲發起道心，出家修行，後出事被流放伊豆國。就是他以源義朝的頭顱激起源賴朝舉兵反叛平家，慫惠右兵衛督光能跟法皇取得「仁王令旨」，明正言順發動兵變的關鍵人物。

據稱，源賴朝在伊豆國石橋山舉兵叛變時，一直把裝有聖旨的錦囊掛於頸項。

當年源賴朝夫妻住過的蛭ヶ小島現址，立有兩人雕像，供遊客參觀。

源賴朝與妻子北条政子
在流放地的雕像

地景位置：
位於靜岡縣伊豆の國市韮山土手和田，搭伊豆箱根鐵道韮山站下車，徒步20分鐘可達。

祈願源氏再興成功

三島市三嶋大社

位於三島市，鄰近三島水邊文學步道尾端的「三嶋大社」，原名三島神社，主祭大山祇命、積羽八重事代主神，是旅遊三島市必訪的古寺院，這座神社藏有不少國寶級文物，包括源賴家親筆寫的般若心經、源賴朝和妻子北条政子的腰掛石、矢田部式部盛治人人的文書等。

被放逐到伊豆國蛭ヶ小島的源賴朝，在石橋山舉兵攻打平家之前，曾到三嶋大社祈願源氏再興成功。

1854 年伊豆大地震後，三嶋神社幾乎毀於一夕，後經矢田部式部盛治全力整修才告復元，因此三嶋大社立有盛治大人的銅像供遊客瞻仰。

庭苑深深深幾許的三嶋大社，鳥啼空鳴，予人懷古的幽雅之情，庭苑內植有一棵數齡超過一千二百年的金木犀，這棵金木犀被列為國定天然寶物；除此之外，苑內尚立有松尾芭蕉的句碑、若山牧水的歌碑，使得整座三嶋大社充滿優雅的詩歌氣息，與大社鳥居前的三島水邊文學步道相呼應，蔚成一股寧靜又空曠的文學大氣，況味十足。

三嶋大社正殿

地景位置：
靜岡縣三島市大宮町二丁目。三島市車站前不遠處，徒步可達。

源賴家和源範賴幽閉之寺

伊豆修禪寺

修禪寺又名修善寺，位於伊豆半島中央，被天城山、巢雲山、達磨山環抱的丘陵地，是著名溫泉區；寺院建於西元八○七年，由中唐貞元年間渡海學儒習佛的空海和尚開基的修善寺，收藏有平安時期的金銅製獨鈷杵、禪師畫像、佛像，與歷代住持的書法等，鎌倉幕府第二代將軍源賴家的墓地、馬具、陣旗、北条政子為子祈求冥福所寄放的宋版放光般若經等珍貴古物。

位於桂川右側，豎立高大石刻地標「弘法大師」碑石上方的修善寺，庭園種植有數棵百齡以上，狀如翼翼輕雲的松柏，坐在蔭涼處聽群樹歌唱，人在寧靜中諦聽大地呼吸聲，隱含靜穆快意。

話說，1193年五月，源賴朝某天外出狩獵，源範賴留守鎌倉。不久，謠傳源賴朝被人殺害。消息傳到北条政子耳裡，不禁悲慟至極。範賴見嫂嫂悲哀之情，勸解說：「嫂子勿悲，即使發生大事，有範賴在，請放心！」後來源賴朝平安返回鎌倉，聽到源範賴對北条政子說的話後，疑竇叢生，他認為範賴有異態。範賴十分驚恐，急忙寫了封誓忠書，源賴朝仍不從，以範賴在誓忠書後，署上「參河守

葬於修善寺後山的源賴家之塚

地景位置：
靜岡縣伊豆市修善寺。從伊豆箱根鐵道駿豆線修善寺站下車，再轉乘汽車到修善寺溫泉站，徒步約3分鐘可達。

源範賴」即是不遜為由，冷落這位赫赫戰功的兄弟。最後藉故把他驅逐到伊豆半島，幽禁在修禪寺內。

再說另一人，源賴家生於壽永元年（1182）八月，源賴朝的長子，幼名萬壽，官位至征夷大將軍正二位行權大納言。

正治元年（1199）父親源賴朝突然死去後，約任為家督，又轉任左近衛中將，由於權勢擴張過大，恐危及到母系北条氏為中心的利益，便由家臣推出十三人合議制，意圖阻止將軍權力確立、抑制源賴家專政獨斷。建仁三年（1203）源賴家急病命危，大臣密商源賴家若死，將由繼承人源一幡及其弟源實朝分權統治。源賴家進行最後反擊，這時，比企氏組織討伐北条氏的計畫失敗，謀逆的比企氏一族被滅，源賴家更被剝奪將軍職位，從鎌倉流放到伊豆修禪寺幽禁。翌年，被北条氏派刺客暗殺，時為元久元年（1204）七月十八日，死後賜法名法華院殿金吾大禪閤，葬於修禪寺後山。

伊豆修善寺

武家政權發跡地

小田原市石橋山

治承四年（1180），相模國住人大庭三郎景親騎快馬到福原報說：「八月十七日，伊豆國流人前兵衛佐源賴朝派遣其岳父北条四郎時政，夜襲山木館，殺死伊豆的代理國守、和泉判官兼隆；之後，率領所部土肥、土屋、岡崎等三百餘騎駐紮石橋山。大庭景親領一千餘騎前往攻打，殺得兵衛佐只剩七八騎，慘敗逃往土肥杉山去了。」

源賴朝後來逃到安房，除了得到官吏階級的支持，不久後還入駐曾是河內源氏祖先經略之地鎌倉。此時，源賴朝已實質掌控關東南部。

入道相國平清盛得知消息後非常憤怒，說道：「源賴朝本是被判死罪的人，因先妣為其求情才被減為流放。而今不知感恩圖報，卻以兵戈相向，神明三寶是絕對不會饒恕他的，過不了多久，這個賴朝就要遭受天譴了。」

石橋山，源賴朝不耐蟄居伊豆，舉兵攻打平家的古戰場。現僅存留跡碑供遊客緬懷。

源賴朝石橋山
舉兵之地

地景位置：
位於今神奈川縣小田原市境內。

石橋山之戰（歌川國芳繪）

源賴朝舉兵之地

神奈川縣足柄下郡箱根神社

　　鎌倉時代所著歷史書《吾妻鏡》明載，1180年，由伊豆舉兵的源賴朝，在石橋山戰役失利逃到箱根一帶，箱根神社的僧侶不僅讓源賴朝躲藏到神社內，還協助他逃離到房總（關東地方東南部，面向太平洋的半島）。

箱根古木參天的古道

　　後來，源賴朝就任征夷大將軍，於鎌倉成立幕府，極力保護箱根權現，並以箱根神社做為武士守護神，極受鎌倉幕府將軍以及歷代武將虔誠崇拜：鎌倉將軍指定箱根神社及伊豆山神社為「二所詣」，源賴朝死後；箱根神社一樣受到北条氏保護。

　　從離元箱根船碼頭登上濃密綠蔭下的石道，就可抵達坐落於森林中，由高僧萬卷上人於757年創建的箱根神社，神社又名「九頭龍神社」，面湖環山，立於蘆之湖上的大鳥居、茂密的山林古道，九頭龍神社神水、參道中央八百年樹齡的「矢立之杉」、御社殿右邊的「安產杉」、御社殿後面的「石楠花園」、寶物殿重要文化遺產「萬卷上人坐像」、「箱根權現緣起畫卷」等文化寶物以及神社周圍十多座小型神社，都是遊歷這座知名古剎的景點。

地景位置：
箱根神社位於神奈川縣足柄下郡箱根町元箱根，神社位於離元箱根船碼頭約5分鐘路程，從箱根到湯本搭乘巴士至船碼頭需花40分鐘。

武家的古都

鎌倉市鶴岡八幡宮

　　1192 年，源賴朝置幕府於鎌倉，成立武家政
權，鎌倉隨之成為幕府政治中心。直到 1333 年，
為響應後醍醐天皇討幕計劃，上野國（群馬縣）的
新田義貞在分倍河原等地，擊破把源氏消滅的北条
氏部隊，進軍鎌倉，將北条氏一舉殲滅，源氏和北
条氏終至滅絕。

　　鎌倉與源氏有密切的地緣關係，由源賴朝建造

鶴岡八幡宮源賴朝之墓

鶴岡八幡宮
源賴朝之墓說明牌

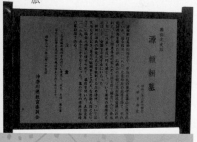

地景位置：
神奈川縣鎌倉市雪
之下，JR 江之島
電鐵「鎌倉站」
步行約 10 分鐘可
達。

的鶴岡八幡宮，每年四月第二個星期日到第三個星期日，舉行為期七天的「鎌倉祭」，由神轎、樂隊等組成巡遊隊伍，掀起鎌倉熱鬧沸騰的祭典。

鶴岡八幡宮位於鎌倉市，舊社格為國幣中社。源氏武士的守護神，別稱「鎌倉八幡宮」。

史載，鶴岡八幡宮起造於 1063 年，時為源賴義平定奧州後，將京都石清水八幡宮招請到由比鄉鶴岡所建造的比若宮。其後，治承四年（1180），源賴朝將本營設於鎌倉，並把若宮搬遷到現今位置；1191 年在人臣山山腹建造本宮，做為源氏的氏神祭拜。如今，鶴岡八幡宮的建築為江戶時代所重建。

鎌倉市鶴岡八幡宮

鶴岡八幡宮東側植有一株櫻樹，旁立一塊木牌，上面寫著：「靜櫻 靜御前終焉の地 福島縣郡山市」，「靜御前」指的是源義經的愛妾「靜」。

源義經取得「壇の浦海戰」勝利，凱旋歸途，巧遇熟練精湛舞步而成白拍子佼佼者的「靜」，從此相戀。被譽為戰神的源義經徹底消滅平氏政權，協助兄長源賴朝取得天下，然而勝利的喜悅並未維持太久，源賴朝心中的忌妒與猜疑，早已取代手足之情。

話說，源義經押解平宗盛父子等凱旋返回鎌倉，就在抵達鎌倉城外的腰越時，源賴朝遣使命令源義經不得進城，只要交出人犯即可。對於遭兄長猜忌深感痛心的源義經於 1185 年 5 月 24 日，在腰越滿福寺寫下著名的〈腰越狀〉，委託源賴朝親信能臣大江廣元代為轉達其手足情深、忠心不二的真摯心意。最後，源義經仍被迫與兄長決裂，只能選擇與愛人及一干家臣流亡。

一行人從京都逃到吉野山途中，靜因懷有身孕，體力難以負荷長途跋涉，源義經派遣五位隨從保護靜下山躲藏，並將身上財物與一面小鏡給她，希望她梳洗時睹物思人。可等到源義經離開後，隨從非但洗劫靜身上財物，還將她丟棄在冰天雪地的山谷。所幸靜被山中僧侶相救，暫時逃脫難關。當

鎌倉長谷寺

僧侶知曉靜的身分後，隨即將她送往京都源賴朝的丈人北条時政府邸，又被輾轉送到鎌倉源賴朝大本營。

　　來到鎌倉，靜必須面對源賴朝無情的處置。當鶴岡八幡宮前的祭場新落成，源賴朝的夫人要求她在新祭場表演白拍子舞。有孕在身的靜雖虛弱不已，仍咬緊牙根在廣場翩翩起舞，那一天是 1186 年 4 月 8 日；伴隨淚水、委屈，以及對愛人義經的思念，在揮舞紙扇時吟唱：「吉野山遍布白雪，思念伊人何時歸來……。」的動人歌聲。

　　一旁觀舞的源賴朝聽聞，臉色大變，認為靜擺明當眾不給面子，盛怒下興起殺念，夫人政子卻說道：「當初我陪伴在伊豆流亡的你，不也是懷著這樣的心情。」這番話救了靜一命。

　　數月後，靜終於產下男嬰，源賴朝獲悉，下令將剛生下的男嬰沉入鎌倉由比ヶ浜海裡，傷心欲絕的靜，後來被送往京都，結束悲慘的一生。

鎌倉長谷寺旁的比ヶ浜海

矗立在森林中的美男子

高德院大佛殿鎌倉大佛

全名叫「大異山高德院清淨泉寺」的高德院，位於鎌倉市長谷，屬於佛教淨土宗寺院。供奉本尊為青銅製阿彌陀佛坐像，俗稱「鎌倉大佛」，佛像坐落大異山。開基創立與開山初代住持均不詳。

寺院擁有日本最著名的大佛像，高達 13.35 公尺，重約 93 噸的露天阿彌陀佛青銅塑像，尺寸大小僅次於奈良市東大寺的佛像「盧舍那佛」。

這尊青銅大佛雕像的歷史，被追溯到 1252 年的鎌倉時代。然而，史料並未清楚記錄，當年建造的佛像是否即是今日所見這尊大佛像。

關於鎌倉大佛像的建造，日本正史《吾妻鏡》記載，曆仁元年（1238）開始建造木像大佛，五年後完成。同一本《吾妻鏡》卻記載建長四年（1252）在鎌倉建造銅像大佛，但木雕大佛與銅造大佛兩者之間的關係，至今不明。據說當年所做的木像大佛，因某些緣故失去，後人又建造了一尊現在所見的青銅雕大佛替代，史料這番解釋，簡單直接卻難辨確定，但幾乎已成定論。

根據《吾妻鏡》記載，大佛像是由一位名為「淨光」的僧人發願建造，除此以外，遍尋不到更多關

地景位置：
神奈川縣鎌倉市長谷，從江之島電鐵「長谷站」步行約 10 分鐘可達。

於淨光的事跡。還有人認為如此一座巨像，只由一名僧人發願、勸導而建造完成並不合理，其背後，鎌倉幕府源賴朝可能連同參與，但同樣缺乏史料證明，最後仍不免用推測方式，界定這尊大佛像的來歷。

據稱，被明治時代著名女詩人与謝野晶子歌頌：「鎌倉大佛釋迦牟尼，彷彿美男子矗立在森林中」的這尊佛像曾位於一座寺廟建築中，而原本容納這尊大佛的木質寺院建築，毀於十五世紀末室町時代一場海嘯，寺院雖毀，佛像卻完好保存下來。

鎌倉大佛

源賴朝·
歷史旅行の名景名產

1. 伊豆半島

伊豆是位於靜岡縣東部的一個半島，著名的溫泉鄉。

伊豆特色：溫泉、櫻花、寧靜。土產：醃漬物、饅頭、竹夾魚、工藝品（修善寺溫泉的「鄉土作家」工藝品店出售不少有趣的「小玩藝」）、海產等。景點尚有：湯ヶ島、天城山、獨鈷の湯、下田港、浮島奇岩、黃金崎、伊豆大島等。

2. 箱根町

箱根神社休息處販賣著名的「權現麻薯」（日語稱白玉團子），可口美味。口味有紅豆、芝麻等多種，一包日幣 500，好吃不黏牙。箱根大涌谷名物黑巧克力蛋也不錯（蛋造型的巧克力）。

3. 鎌倉市

若宮大路是鎌倉主要道路，朝拜鶴岡八幡宮的重要參道，道路兩側種植近千株櫻樹，春天櫻花盛開，櫻紅飄逸，景觀優雅；兩旁商店林立，最能代表鎌倉手工藝品為鎌倉雕，深受觀光客喜愛。

鎌倉小町通商店街

第七話　悲劇武士源義經

―平安時代「源氏武士集團」武將

每次我死去，
都會在這個世界重生 。

終結源平之爭的悲劇英雄

源義經生於平治元年（1159），也即平安時代末期，出身河內源氏武家，家系乃清和源氏其中一支，河內源氏大老源賴信後代，源義朝第九子，乳名牛若丸，母親常盤御前，平治之亂中失去父親，跟隨母親委身平清盛家。鎌倉初期成書的《平家物語》記載源義經的容貌為「蒼白的暴牙矮子」。江戶時代的能樂及歌舞伎，基於戲劇美化效果，他的容貌被定調為俊美貴公子。

義經七歲時，被送往比叡山鞍馬寺修行、習武，後得知敬如父親的平清盛竟是仇敵。

某日，源義經悄悄避開平家耳目，前往奧州平泉尋求藤原秀衡庇護，並在那裡度過青年時期。當他聽聞同父異母的兄長鎌倉公源賴朝舉兵對抗平家軍，便趕往加入；跳脫常規的靈活戰術，讓他在「源平之戰」中戰功彪炳，連戰皆捷，威名顯赫，成為戰神，人稱「九郎判官」。因功高震主，為源賴朝

岩手縣平泉高館
源義經雕像

源義經繪像（豐原國周繪）

所猜忌，加上未經源賴朝許可就隨意接受官位，造成兄弟不睦，種下日後兄長追殺弟弟的悲劇。

個性狡點的源賴朝在得到後白河法皇的院宣後，發布通緝令追捕源義經；義經在走投無路之下，再度投靠藤原秀衡，最後於高館宅第自盡。

源義經為日本人所愛戴的悲劇英雄，由於一生富於悲劇的傳奇色彩，許多小說、戲劇對他的描述特別多，不少神社奉祀他為戰神。2005 年 NHK 電視台製播大河劇《義經》便是以源義經一生為主題的年度大戲，由瀧澤秀明主演。

源義經最受後人所津津樂道者，當屬與平家在赤間關的「壇の浦海戰」，時為 1185 年 3 月某日清晨，平家軍撤退到長門彥島據守，源範賴和源義經也在對岸佈陣對峙；雙方早有海戰覺悟，開始糾結戰船，起先平家僅五百艘，源氏八百四十艘，兩軍互別苗頭，群起糾集更多船家加入戰局，一場慘烈海戰，平家大勢去矣。

平知盛知道局勢不利平家，又不願被俘受辱，身纏錨碇，與眾將官相互拉手，一起投海自盡，象徵平家大勢去矣。

平家敗仗，九郎大夫判官源義經通過源八廣納向法皇奏報：「上月二十四日在豐前國的田浦、門司關，長門國的壇の浦、赤間關，平家徹底覆滅，三種神器已平安奪回，謹此奏聞。」一時，宮廷上下嘩然。法皇把廣綱叫到內廷，詳細詢問作戰情況，在歡喜之餘，特意將廣綱擢升為左兵衛尉。吩咐說：「神器是否能取回？要派人親自查實一下。」當月五日派宮廷御林軍的判官藤信盛前往西國。信盛領

京都北區紫竹牛若町總神社祭拜有源義朝靈

命，沒來得及回到家中便匆匆跨上御馬，揚鞭而去。

　　不久，源義經押解平宗盛父子等凱旋返回鎌倉，但就在抵達鎌倉城外的腰越時，源賴朝遣使命令源義經不得進城，只要交出人犯即可。對於遭兄長猜忌深感痛心的源義經於 1185 年 5 月 24 日，在腰越滿福寺寫下著名的〈腰越狀〉，委託源賴朝親信能臣大江廣元代為轉達其手足情深、忠心不二的真摯心意。

　　儘管如此，冷酷的源賴朝始終不為所動，仍對源義經窮追不棄，迫使義經避逃奈良吉野山，最後在岩手縣平泉高館住所，手刃妻子鄉御前與四歲女兒龜鶴御前，再引刀自戕；源義經波瀾萬丈的三十一年生涯終以悲劇落幕。

　　源義經死後，首級由藤原泰衡之弟藤原高衡護送到鎌倉，軀體被葬在今宮城縣栗原市栗駒沼倉，首級葬在藤澤白旗神社。

　　源義經生前育有二女一男。長女為投奔奧州期間與當地女子所生，後嫁給伊豆源有綱。次女龜鶴御前為鄉御前所生，衣川館敗仗後和源義經、鄉御前共赴黃泉。長子為靜御前所生，源義經未曾見面，即被源賴朝手下帶到鎌倉由比ヶ浜海遺棄。

　　源義經歿亡，後人對其淒涼的人生際遇無不扼腕嘆息，傳言紛起，一說，衣川館之戰後，義經並未自盡，而是北逃渡海進入現在的北海道，成為愛努王。一說義經北逃經北海道渡海西行進入蒙古，成為一代霸主成吉思汗。此說原型最早出現於江戶時代。當時有一謠傳，聲稱在清乾隆皇的御文中曾出現：「祖傳朕之先祖本姓『源』，諱『義經』，世出『清和』，故國號『清』。」此語實乃不捨英雄人物以悲劇收場，穿鑿附會之說，不足採信。

武術高強的遮那王

京都鞍馬山、鞍馬寺

乳名牛若丸的源義經，源氏武將，其父源義朝在平治之亂中為平清盛所敗，逃亡途中於尾張遇害，源氏一族非死即逃。母親常盤御前帶著牛若和他兩位同母異父的兄長今若、乙若逃往大和山，不久，常盤的生母被平家逮捕，常盤只得含淚攜子自首，平清盛因貪戀常盤美色，遂納其為妾。牛若七歲時，母親將他寄養到京都鞍馬山鞍馬寺習武；之後，從一位聖門坊的僧侶處得知自己身世，決心要消滅平氏一族，因而每天入鞍馬山習劍。

法名「遮那王」的牛若丸，在鞍馬山虛心求教，從烏天狗身上學到許多精湛劍術，成為一名高強武士，離開鞍馬寺後，先是投奔奧州藤原秀衡，不久加入兄長源賴朝領隊的源軍。後人傳說，個頭矮小的源義經在五条大橋「不打不相識」擊倒曾在比叡山延曆寺修行，體格魁梧的武藏坊弁慶，並納其為家臣；後來又在下關壇の浦與平氏一族海戰，施展一口氣縱身飛躍八艘船的絕技，這種氣勢磅礴的武功，被認為是從鞍馬山天狗那裡所學習到的武術。

鞍馬山以做為靈山和密教的山嶽修練場而昌盛，寶龜元年（770）僧人鑑真的高徒鑑禎在鞍馬

地景位置：
京都市左京區鞍馬本町。從京都市搭乘叡山電車到鞍馬站下車，徒步約5分鐘可達。

鞍馬山鞍馬寺參道

源義經繪像

山南山腰開基創建了以毘沙門天王、千手觀世音菩薩、護法魔王尊三身一體為正尊的鞍馬寺。與比叡山對立而坐的鞍馬山和鞍馬寺，因《平家物語》書中主角之一源義經年少時代曾在此修行、練武，以及大佛次郎的名著《鞍馬天狗》而廣為人們熟知。

春日賞櫻、深秋賞紅葉，是鞍馬山姿最美的景色；鞍馬寺內因收藏有木造毘沙門天立像、木造吉祥天立像、木造善膩師童子立像、鞍馬寺經塚遺物一括等國寶，以及木造聖觀音立像、木造兜跋毘沙門天立像、黑漆劍、無銘劍、銅燈籠、鞍馬寺文書等重要文化財而成為人們敬仰的聖地。

源九郎奧州出奔

京都首途八幡宮

1174 年，源義經十六歲某日，一名叫吉次信高的黃金商人到訪。吉次信高因經常往返京都與陸奧，與奧州藤原氏鎮守府將軍藤原秀衡頗有交情，此次到訪，乃因藤原秀衡聽聞源氏遺族遮那王義經有討伐平家大志，打算傾力相助，便暗中託付吉次信高轉達欲助義經出奔意願。

遮那王義經聽完吉次信高一席話，當下決定投奔奧州，尋求藤原秀衡協助。義經喬裝商人，混進吉次信高商隊，途經尾張國熱田神宮。

源義經從京都出發前往奧州平泉時，就是先到「內野八幡宮」參拜，祈願旅途平安。八幡大神是源氏一族祈求武運昌盛的氏神，因此，當義經平安抵達平泉見到藤原秀衡後，人們認為是八幡大神護佑有成，便將「內野八幡宮」改名「首途八幡宮」。

首途八幡宮

源義經奧州首途之地紀念碑

地景位置：
位於京都市上京區智惠光院通。搭市區公車在今出川大宮下車，向西徒步 5 分鐘可達。

神泉苑與靜御前邂逅

　　現今五条大橋旁公園，立有義經和弁慶會武雕像，供遊客參觀。

　　京都中京區的神泉苑為東寺真言宗的寺院，奉祀聖觀音、不動明王、弘法大師。天長元年（824），由空海法師開基。時當桓武天皇遷都京都，建造平安京，遂在皇宮東南邊沼澤區建造一座天皇御遊庭園，苑內放生地曾經是大池一部分，供奉求雨傳說的善女龍王。

　　據稱，弘法大師空海曾在此向北印度無熱池的善女龍王祈雨，果然天降甘霖。從此，善女龍王就居住在神泉苑池中，未曾離去。直到今日，這口池水一年四季都有清泉湧出，故名「神泉苑」。苑內這座跨越善女龍王居住的水池，上有連結兩座神社的法成橋，走過法成橋即可對住在池中的善女龍王許願。

　　平安時代末期，戰神源義經便是在神泉苑與靜御前邂逅，並在法成橋上向善女龍王許願；兩人自此相戀相愛，不久後，靜御前即嫁給遮那王義經為妾。

京都神泉苑

地景位置：
位於京都市中京區
御池通神泉苑町。

與鬼若在五条大橋會武

京都五条大橋

地景位置：
義經與弁慶會武
地一五条大橋，位
於京都市下京區河
原町通五条東。

曾在比叡山延曆寺出家修行的武人「鬼若」，
又名「武藏坊弁慶」，離開寺院後，四處遊歷，曾
遊走四國和播磨國等地。他常在京都五条大橋一帶
進行「刀狩」，只要看上往來武士身攜太刀，便仗
勢要求比武，輸者留刀走人，遇到源義經之前，他
已收集有 999 把太刀。

某日，遮那王源義經行經五条大橋，弁慶見義
經身佩黃金寶刀，心懷不軌，故技重施，強行攔路
要脅義經比武，豈料義經武藝高強、身輕如燕，弁
慶雖然身材魁梧、武勇縱橫，卻處處受制，攻而屢
挫，三兩下就被以柔克剛的義經打得落花流水，伏
地不起。

向來仗恃剛勇的弁慶輸得心服口服，對義經不
敢造次，從而心甘情願追隨左右，成為義經最親密、
忠誠的家臣，列名遮那王源義經的四大金剛之一。

弁慶跟隨義經討伐平家，打贏不少戰役；平氏
覆亡後，功高震主的義經遭受兄長源賴朝迫害，四
處躲藏，弁慶一路義無反顧相隨照應，從北陸逃到

上：牛若丸和武藏
　坊弁慶在五条
　大橋決鬥（歌
　川國芳繪）
左：京都五条大橋

奧州，投奔藤原泰衡處。這時，得知義經在奧州的源賴朝，一心滅絕
義經，以武力脅迫泰衡討伐寄居在衣川館的義經，弁慶捨命護主，奮
戰不懈後仍舊寡不敵眾，身中萬箭致死，死時，身體依然站立不倒，
後人稱「立往生」。

宇治川先陣爭戰役

京都宇治川

　　宇治川發源自琵琶湖唯一出流的淀川，清流的水質和兩岸綠樹，環繞宇治市成為最富自然天成的風光，亙古以來，即為京都洛南名勝。

　　1184 年，源義經受源賴朝之令，前往宇治討伐先行入京的木曾義仲，時值兩軍在宇治川對峙，殺得天地一片昏暗，源義仲冒著竹箭如雨般的射擊，統領身邊四名大將勇渡宇治川，爭奪「宇治川の先陣爭い」，可當他正要越過湍急河流，卻無可奈何的成為被攻擊的對象，原本士氣高昂的大軍，紛紛中箭墜河，粉碎義仲軍自以為強勢的防禦能力。

　　就在他逃往北陸途中，於現今滋賀縣大津市的「粟津之戰」陣亡。

　　宇治川曾是平安時代渡河點，擔負連接奈良和京都的主要水路，位居交通要衝，兩岸有名列世界文化遺產的平等院，以及日本最早神社建築的宇治上神社等。

宇治川

地景位置：
宇治川，位於京都府南部，鄰接京都市東南方的宇治市區。

圖示《平家物語》
木曾義仲「宇治川合戰」

吉野山風雲變色

奈良縣吉野山吉水神社

法皇聽聞源賴朝大軍上洛進京，態度驟變，應源賴朝要求，下達討伐源義經。源賴朝飛檄諸國設置守護、地頭，全力緝拿。源義經知道源賴朝已布下天羅地網，決定化整為零，於文治元年（1185），攜帶家眷和親信逃往吉野山，暫居「吉水神社」。

僧兵們唯恐得罪源賴朝，招致責罰，決議上山捉拿源義經。僧兵擊鼓為號，開始糾集。弁慶聽到鼓聲有異，下山窺探，果見僧兵披甲帶刀，急忙回報。源義經認為僧兵熟諳山勢，戰不可勝，便轉移陣地，逃往別處。

逃離吉野山後，源義經決定投奔猶如再生父親的奧州鎮守府將軍藤原秀衡。1187年2月，源義經帶領正室鄉御前及家臣喬裝成苦行僧，踏上千里迢迢的旅程，後來又從奈良折回京都，遠去北國，最後逃到奧州。

建造於一千三百年前白鳳年間，原屬「金峰山寺」僧坊的吉水神社，本為吉野宗修驗道靈場；明治維新時期，因神佛分離的政令而被獨自劃出為神社。社格為村社。以「紀伊山地靈場和參詣道」之一部分，被登錄為世界文化遺產。

吉野山一目千本的櫻花林，是欣賞三萬多株櫻花的名所，這些櫻花始自平安時代所植，大都為白山櫻。

地景位置：
奈良縣吉野郡吉野山。

源平最後戰役

門司港、下關港

平家與源氏最終一役的赤間關「壇の浦海戰」，是平安王朝滅絕地，位於下關和門司交界處，為今日「關門海峽」，這條居間本州島與九州島的狹長海域，南岸為福岡縣北九州市，北岸為山口縣下關市。海峽最狹窄處僅有 600 公尺寬，位居瀨戶內海出口處，潮流湍急，為一航海險域，是海陸交通重要隘口，海上船舶往來頻繁。

跨越海峽兩岸的關門大橋，全長 1068 公尺，1973 年通車，是當時日本最長的跨海大橋，可行駛六線車道，每到夜間時刻，大橋在彩燈與海水映照下，顯得異常美麗壯觀。海峽南岸的福岡縣北九州市門司港懷舊地區設有旅遊船隻航行。

壽永四年（1185）3月24日，平家大將平知盛帶領平氏家族和源軍在這個海灣交戰，海戰開始時，平家因為海潮東流而占據優勢；不過，當

關門海峽與關門大橋

地景位置：
本州與九州之間的海峽；南岸福岡縣北九州市，北岸山口縣下關市。舊名馬關海峽。

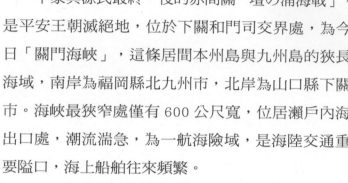

幼帝安德天皇

潮流開始朝西後，源氏恢復氣勢，平家被大批軍船追逼到紛紛投海自盡的悽厲地步，一門老小終至滅亡，也使得日本歷史上的政爭版圖再度轉移。這場著名的海峽爭戰中，源義經從這艘船飛奔到那艘船，連連跳躍了八艘船的經典傳說，更令人嘖嘖稱奇，這即是著名「飛八艘」的故事。

　　平家滅亡後，鎌倉幕府源賴朝為安撫投海殞命身亡的安德天皇暨其族人，特別供奉幼帝靈位與「七盛塚」於關門海峽對岸的「阿彌陀寺」，當年的阿彌陀寺即今「赤間神宮」，宮內還設有《平家物語》說書人「琵琶法師」無耳芳一的坐像，供人參拜。

赤間神宮

穿越關門海峽的海底隧道

關門海峽隧道

平家大將平知盛
和源義經交戰雕
像

地景位置：
關門海底隧道：
1. 下關市御裳川公
園對街。
2. 門司港區和布刈
神社對街。

舊稱「壇の浦」海域，可長驅直入瀨戶內海，直達日本心臟地帶，舊稱馬關海峽的關門海峽，自古以來便是重要軍事據點，取「關門海峽」為名，因兩岸地名下關與門司之故。

現今關門海峽底下 60 公尺處，築有一條長 780 公尺的海底隧道，貫穿九州與本州，隧道分置兩層結構，上層為車道，下層為行人專用步道，步道內恆溫維持在 15 度左右，全程路段設有 16 部監視器，以防緊急情況發生。步道除了防滑設施，供一般民眾步行，也可騎單車穿行其間；780 公尺的步道中間，畫有山口縣與福岡縣的分界線，以為臨界分野。

走在關門海峽底下隧道，聽不到風聲、水聲，以及平家與源氏海戰的隆隆廝殺聲，隱約聽得平家大將一個個投海自盡的悽愴嘆嘆聲。關門海峽隧道的下關出口「御裳川公園」建有源義經和平知盛對決的雕像，以及安德天皇與祖母投海自盡的紀念碑。門司出口為「和布刈神社」，是平家軍祈願征戰勝利的寺院，鄰近的和布刈公園立牆繪有「源平壇の浦合戰繪卷」。

箭術懾人的義經

下關市大歲神社

　　源義經在關門海峽戰役中，曾帶兵到位於下關市竹崎町的大歲神社祈願，當前的大歲神社仍紀錄有源義經「義經戰捷の矢」石刻像。由於其富於傳奇與悲劇色彩的一生，深受後世日本人愛戴，許多戲劇、小說都有關於他的描述。

　　《平家物語》書中提及，與源義經一樣擁有高超射箭術的那須与一，出生嘉應元年（1169 年）下野國，為源氏武將，本名宗高，俗稱与一。他於1184 年源平屋島之戰時，因神乎其技的弓術而名留後世。據稱，當時平氏將一把扇子插放船頭，挑釁源軍戰力，認為沒有人可以射中，結果卻被那須与一一箭射中。

　　那須与一和源義經都是源軍的神射手，走上大歲神社陡峭的階梯，只為見源義經箭術懾人的繪圖。

源義經繪像

地景位置：
山口縣下關市竹崎町 1 丁目，JR 下關車站前徒步 5 分鐘可達。

源義經 ‧ 歷史旅行の名景名產

各寺院販售的
繪馬紀念物

1. 鞍馬山

　　鞍馬寺為一名寺，
鄰近街市可買到「鞍馬天狗」造型的面具；貴船神
社以「繪馬發祥地」著稱，神社內可買到不同節慶
製作的「繪馬」。

2. 宇治市

　　宇治市名景最盛，古典文學鉅著《源氏物語》
的地景大都集中於此。宇治茶名聞遠近，溽夏到訪，
記得到小街上的「中村藤吉本店」吃一碗要「大排
長龍」的清涼紅豆抹茶剉冰。

3. 下關市

　　1185 年「壇の浦海戰」平家滅亡之地，關於源
平兩陣的地景甚多，源平海戰要地彥島、平家一杯
水、幼帝御入水處、赤間神宮、關門大橋、巖流島，
以及日清戰爭議合簽訂「下關條約」的春帆樓等。

宇治弁當

4. 門司港

　　門司港有關源平之戰的地景，包括：平知盛墓
地甲宗八幡神社、門司城遺址、和布刈神社以及海
峽平家物語展覽館等。門司的海鮮焗烤飯口味佳。

第八話

劍豪宮本武藏

——德川幕府初期的劍術家

戰氣：寒流帶月澄如鏡。

——宮本武藏

武士之道
意味精通文武二道

戰國末期是個劍客輩出的時代，當代著名的劍客包括佐佐木小次郎、柳生三嚴（柳生十兵衛）、丸目長惠、伊藤一刀齋等；室町幕府的將軍足利義輝，也是有名的「劍豪將軍」，宮本武藏就生長在這樣的一個環境中。

出生天正十二年（1584）戰國末期的宮本武藏，本姓藤原，習慣使用宮本、新免為其氏；幼名弁之助，名諱玄信，通稱武藏，號二天、二天道樂。在其著作《五輪書》中，以新免武藏守藤原玄信署名。而在熊本市龍田削弓的墓碑上便寫有新免武藏居士，其養子伊織在武藏死後九年建立「新免武藏玄信二天居士碑」，標明「播

宮本武藏十三歲肖像

宮本武藏誕生地

州赤松末流新免武藏玄信二天居士」。

　　武藏被列名戰國末期與德川幕府前期的劍術家，並為創立「二天一流」劍道的始祖。古有「真田（幸村）的槍、宮本的刀」的說法。自稱：「余自幼鑽研劍法，遍遊各地，遇各派劍客，比試六十餘次，不曾失利。」尤其在京都與兵法家吉岡一門對決，以及在巖流島與巖流派兵法家小次郎的決鬥事蹟，至今仍為許多小說、大河劇和電影的題材；除此之外，武藏同時也是知名的水墨畫家及工藝家，其傳世的文藝作品，如：〈鵜圖〉、〈枯木鳴鵙圖〉，以及〈正面達摩圖〉、〈蘆葉圖〉等水墨畫、馬鞍、木刀、工藝作品，都成為日本國家指定的重要文化財。

被喻為一代劍聖的宮本武藏，在其著作《五輪書》中說：「武士之道意味著要精通文武二道。身為一個武士，即使不具這方面的天賦，只要不斷努力，加強自己的文化和兵法修養，仍然能成為一名合格的武士。」若以武士之尊為名，「宮本武藏」的名諱自古以來不僅是家喻戶曉的人物，更是「武士」的代名詞。

巖流島之役，勝者武藏，敗者小次郎，正是「一切即劍」打敗「劍即一切」的靈心慧語，更成為武者的典範。

吉川英治在《宮本武藏》小說中，把一生經歷大小決鬥六十餘回的武藏，描繪成一名「終身以劍磨練靈魂」，追尋「禪劍一如」求道者的傳奇人物。書中還創造「阿通」、「又八」和「阿杉婆」等虛構人物，把愛情與親情摻雜於刀光劍影的陣仗之中，讓本書通俗易讀。

《宮本武藏》不僅確立了吉川英治在日本「國民作家」的地位，自 1936 年開始，由他的著作改編的電影和電視劇，超過五十部以上，著名的日本男演員，如：三船敏郎、丹波哲郎、鶴田浩二、仲代達矢、中村錦之助、高橋英樹、緒形拳、本木雅弘、高倉健等都曾擔綱飾演過宮本武藏或佐佐木小次郎的角色。

上：宮本武藏出生地
左：丹波哲郎主演的
　　《宮本武藏》電影
右：宮本武藏的《五輪
　　書》

手向山的武士之碑

小倉市手向山公園宮本武藏之碑

宮本武藏浪跡天涯期間，曾有七年時間居留在山口縣小倉市城主小笠原忠真家中，擔任侍衛武士。

寬永十五年（1638）發生島原之亂，小倉城主小笠原忠真與養士（武士）從伊織出陣鎮壓，宮本武藏和忠真的外甥中津城城主小笠原長次也參陣其中。島原之亂後，從武藏寫給延岡城主有馬直純的書信中，說道「我不會再被石頭打到了」的紀錄看來，武藏的確曾被當時島原一揆軍投石擊中而負傷。

此外，在小倉寄宿期間，武藏依照忠真的命令與寶藏院流槍術的高田又兵衛比武，結果武藏獲勝，城主小笠原忠真喜悅萬分。

島原之亂後的寬永十七年（1640），宮本武藏受熊本城主

小倉手向山公園
宮本武藏之碑

地景位置：
山口縣小倉市北區赤坂。從 JR 小倉站搭西鐵線往門司方向，在手向山站下車。

歌川國芳繪「報讎忠孝傳 宮本武藏」

細川忠利邀請移駐熊本。門人七人，每人分給 18 石共 300 石之俸祿，並在熊本城東部的千葉城武家一處房舍居住，武藏破格參與以往只有家臣身分方可參加的獵鷹活動。細川忠利還曾邀請武藏和同樣客卿身分的足利義輝的遺孤足利道鑑，三人前往山路溫泉。隔年忠利猝死，其第二代藩主細川光尚同樣給予宮本武藏 300 石高額的待遇。紀錄《武公傳》的武藏弟子士水（山本源五左衛門）記載道：「士水傳紀錄：武公肥後的門下，為首有太守長岡式部寄之、澤村宇右衛門，其他如御家中、御側、外樣、與陪臣、輕士共千餘人，皆入門武藏門下。」武藏在教授門下劍術兵法之餘，尚以繪畫與製作工藝品流傳至今。

　　宮本武藏曾居住過的山口縣小倉市北區，標高七十公尺的手向山公園，矗立有「宮本武藏彰顯碑」，為紀念一代劍聖曾居住在小倉市。從手向山可清楚見到嚴流島全貌。

山口縣小倉城

紅葉將生命獻給樹幹

宮本武藏の巖流島出陣地

1612 年，宮本武藏前往九州小倉探望父親的昔日家臣時，在住處收到巖流派的佐佐木小次郎邀約比武。這場成為日後日本武學史上著名的對決之役，即選定在隸屬於小倉外海的「船島」舉行，船島今名巖流島。

鄰近下關赤間神宮的「宮本武藏の巖流島出陣の地」，是武藏單刀赴會前往巖流島接受佐佐木小次郎挑戰劍術的乘舟地，他從這裡乘船出發前往巖流島。

宮本武藏在下關乘船前往巖流島，與佐佐木小次郎決戰的出陣地，目前僅留海峽潮水拍岸聲。那最初生死一決的雄心壯志，他以「紅葉將生命獻給樹幹，然後以火紅之姿散落與消失」的武士精神赴會，至今仍留給武藏迷深刻印象。

宮本武藏巖流島
決戰出陣地

地景位置：
山口縣下關市阿彌陀寺，赤間神宮正前不遠處。

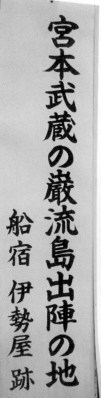

左左：宮本武藏巖
　　　流島決戰出
　　　陣乘船處
左：出陣地面對關
　　門海峽
下：遠望關門大橋

一代劍客決戰地

巖流島

巖流島位於山口縣下關市關門海峽無人居住的小島，舊名「船島」，屬於「下關市大字彥島字船島」。占地原為一萬七千平方公尺，周圍佈滿岩礁，十分險峻，船隻不易靠近，後來，隨著來往船隻日益增加，為了避免船隻發生碰撞暗礁的意外，巖礁一帶即被填高起來，擴增到十萬平方公尺，再經整頓成為今日的海上公園。

前往巖流島，可從門司港或下關港乘船，下關港埠建造格局新穎，海天視野遼闊，港口鄰近的唐戶市場為一海產朝市，名聞遠近。自港埠走棧道乘船到巖流島或門司港，別具一番境地；位於下關右下方的巖流島，船程未及十五分鐘，門司港更近，約莫十分鐘即可抵達。船行間，可見關門大橋跨越關門海峽，如彩虹橫跨橋身兩端，雨霧中或豔陽下，風光各異，十分得趣。幕末高知鄉士坂本龍馬曾偕同妻子楢崎龍到訪下島。

在下關港乘船前往巖流島

地景位置：
山口縣下關市，關門海峽邊。可從下關港乘船前往，約十分鐘餘。

巖流島

宮本武藏・佐々木小次郎 決鬪の地

巖流島まで10分

船着場

左：汽船行駛在關
　　門海峽
下：巖流島

長光刀決鬥木劍
巖流島文學碑

義經與弁慶比武雕像

地景位置：
關門海峽下方，可
從下關港埠或門司
港乘汽船前往。

在巖流島與宮本武藏對決的佐佐木小次郎，曾
與中條流的鍾卷自齋學習武術，並獨自創立「巖流」
（或稱岸流）派，以及著名的劍技「燕返し」，為
了到細川家仕官，受命與宮本武藏在巖流島決鬥。
這一場決鬥中，小次郎被宮本武藏以備用的木槳削
成木劍，做為兵器，擊中腦門，當場頭破命喪。日
人遂於島上建立佐佐木巖流之碑，供遊客賞景兼憑
弔懷古。佐佐木小次郎的死因眾說紛紜，另有一說

巖流島避雨亭內所繪武藏與小次郎決鬥圖

是被自己的長劍彈回致命。

小次郎在決鬥時使用的愛刀「備前長船長光」長達三尺三寸，他的絕技「燕返し」，能將長刀之利發揮到淋漓盡致。即使有這種功力和能耐的小次郎，連「燕返し」都還沒使出，就敗在武藏的木劍下。跟武藏決鬥的小次郎，無法發揮長刀優勢，在於武藏決鬥之前，特意製作了一把木劍，木劍長度四尺二寸，比小次郎的「長光」整整長了一尺。

雖然小次郎在這一場戰役中敗北，卻相對成為日本人心目中的悲劇英雄，因此，喜愛悲劇美學的日本人便以小次郎所屬的「巖流派」之名，將「船島」更名為「巖流島」，做為紀念在決戰中敗亡的佐佐木小次郎不畏死亡的戰鬥意志。

無人居住的巖流島，公園內設置有棧道、巖流島文學碑、佐佐木巖流之碑、散策道、宮本武藏與佐佐木小次郎決鬥的巨型雕像，視野寬闊、景色宜人，每日均有固定班次的汽船，往返行駛於下關、門司港和巖流島之間。

一切即劍的戰術

巖流島之役

日本作家小山勝清在《巖流島後的宮本武藏》一書中寫道：

有一天，宮本武藏接到天皇禁衛軍總教頭佐佐木小次郎的挑戰書，邀約他一個月後在巖流島決戰。武藏深知小次郎劍術高深，已入化境，根本沒把握可以戰勝，但為維護名聲與尊嚴，還是答應小次郎挑戰。

自此以後，小次郎每日勤練劍術，決心打贏武藏；反之，武藏卻毫無信心，無心練劍，只是到處閒逛。某日，武藏在街上見一群人圍看「鬥雞」，好奇的跟著群眾上前湊熱鬧，正看得起勁，突然感覺有人拉他衣服，武藏原本不予理會，可這人卻不肯放手，武藏生氣地回頭一看，原來是一位熟識的修行者，那人對武藏微微一笑，順手塞給他一幅畫軸，轉身就離開，武藏當時沒興致打開畫軸看，便隨手收起，繼續觀看鬥雞。

日子就這樣一天天過去，終於到了決戰前夕，武藏正準備第二天赴約一戰，無意間看到修行友人送給他的那幅畫軸，不知裡面畫些什麼？於是趕緊將畫軸打開，只見畫面左下角兩隻鬥雞正鬥得不可

地景位置：
關門海峽下方，可從下關港埠或門司港乘汽船前往。

開交，圍觀群眾還一邊吶喊助陣，除此之外，其餘畫面全留白，只剩右上角一雙眼睛看著這群人和鬥雞。武藏看後心頭為之一震，想起那天，自己不正和畫中觀看鬥雞的人群一樣嗎？怎麼在更高的地方還有一雙眼睛看著自己呢？心底忽然徹悟，對於第二天的決戰充滿信心。

　　隔天，巖流島擠滿圍觀這場歷史大決鬥的群眾。武藏與小次郎兩人劍已出鞘、相對而立，一動也不動的等待對方出招，這即所謂「高手過招，輸贏只在一剎那」。雙方嚴守自己的門戶，不輕易顯露出招的蛛絲馬跡。小次郎為贏得這場決戰，每天除勤練劍術外，更勤習打

武藏與小次郎
決鬥雕像

坐培養定力。兩人對峙半晌，武藏索性閉上雙眼；
這時，小次郎感到迷惑，到底對方究竟為何？

　　小次郎的定力此時受到嚴重考驗，他決定先發

右：武藏與小次郎
　　決鬥雕像
下：佐佐木巖流之
　　碑

制人，謹慎小心地移動腳步，發現武藏仍然不為所動，於是再移動半步，武藏仍是不動，就這樣一小步一小步，小次郎竟然已經站到武藏背後，從表面看來，武藏的背後門戶大開，完全無任何防衛能力。此時的小次郎竟生起輕敵的驕矜之心，使出致命一擊，正當所有群眾都看到小次郎的劍已切到武藏後頸之際，武藏突然身也不回地將木劍柄後的護手，輕點在小次郎劍刃上，就在電光石火之際，情勢逆轉，小次郎的劍竟不偏不倚彈回自己的脖子，當下勝負立判。

刀劍本是凶器、殺人之物，處亂世時卻是活命之物、救人之器；死生之別的決戰，往往在刀劍一擊。巖流島決鬥，事前可是讓武藏費盡心思，他用木櫓削成長木劍、故意遲到，乃至占據背光的有利位置，就是要激起小次郎誤入心浮氣燥的亂象之中，這種戰術終至使小次郎成為早夭的悲劇英雄，也使武藏被看成是個耍詐的江湖中人，巖流島反倒變成光明磊落的劍客的悲慘墳場。

劍法比試是否只及於劍術？武藏認為，船櫓是劍、時間是劍、定力是劍、光影也是劍。由是，中年之後有人問武藏，與人決鬥是否必須搶到背光位置，武藏的回答卻是：仍可以有「斬陰」之劍。任何時空都要使劍發揮最大能量，只有體會及此，劍的真義才能顯現。

可以這樣說，巖流島之役，勝者武藏，敗者小次郎，正是「一切即劍」打敗「劍即一切」。

小次郎持長刀雕像

學習兵法應如水一般靈活

九州熊本市靈岩洞

岩戶山靈岩洞

地景位置：
宮本武藏晚年生
活、寫作、衣冠塚
所在地。位九州熊
本市金峰山，山有
五百羅漢像。

晚年，宮本武藏登上今九州熊本市附近的岩戶山，閉居山下靈岩洞，執筆撰寫《五輪書》。去世前數日，把《獨行道》與《五輪書》二書合稱為《自誓書》，授與弟子寺尾孫之允。

宮本武藏在著作《五輪書》中自述，十三歲時初次決鬥，戰勝「新當流」的有馬喜兵衛，十六歲又擊敗但馬國剛強的兵法家秋山，二十一歲赴京都，與來自各國的兵法家交手，從十三歲到二十九歲，決鬥六十餘次，從未失手過。被認為是修行武士的武藏，所戰皆捷的祕訣在於他心中對於五輪心術的認知，這一本被列為既是劍法，也為兵法的著作，成書於寬永二十年（1643）。

武藏將《五輪書》書名與架構根基於佛教密宗的五輪概念，為了更能說明和解釋兵法與劍術的原則，他把全書分為「地、水、火、風、空」五卷細述。

地之卷：為本書大綱與導讀解說，武藏在本卷中解釋「二天一流」的兵法意涵。他說：「此卷就如在蒼茫大地上勾勒清晰的路徑。」

水之卷：詳細記載「二天一流」心法、持大刀的方法、姿勢與架式，以及使用刀法的技巧。他說：「學習兵法應如水一般靈活變化，觸類旁通。」

火之卷：他說：「不論是個人對個人，還是兩軍之間交鋒，作戰的本質都是一樣，既不能遺漏細節，也要對戰局有整體了解。」武藏用火比喻戰鬥，探討作戰的策略與戰術技巧。

風之卷：指「風格」、「傳統」。武藏在本卷中雖未指名各家流派，但卻詳細評述當時各地流派劍法的思維窠臼與弊病。他說：「深入了解其他流派，才能更清楚『二天一流』兵法的真義。」

空之卷：本卷說明兵法的真諦為「空」。「空」指喻「變化」；在這個境界中，任何事物都不會永久存續，也不可得知。若以澄明的心和不懈的精神，用「觀」、「見」兩眼觀察運行中的天地之理，並看破世間與自身的執迷與偏頗之見。此時，方能得到兵法真正的「空明」境界——有智慧、有理、有道、心中卻空無一物的「禪定」。

寫完《五輪書》後，1654 年春天，原本罹患胸腔癌症的武藏，病情更加惡化，四月移居岩戶山的靈巖洞靜候大限降臨。五月初病情急轉惡化。他生前最後一件被世人認為了不起的事蹟，便是寫下《獨行道》，留給後人與武士二十一條自律守則。同年 5 月 19 日於住所過世，享年六十二歲，隨即由武藏修習禪學的師父春山和尚為他超渡法事。據傳，禪師頌經時，倏忽間烏雲密佈，雷電交加，彷彿天地也為這位修行武者的殞落而悲痛。

1. 巖流島

巖流島因宮本武藏與佐佐木小次郎而成為名景，可從下關港和門司港兩處前往。下關名物：龜甲煎餅、河豚鍋（春帆樓最出名）等。

下關春帆樓日清講和紀念館

2. 其他

下關紙製玩偶
紀念物

宮本武藏足跡除小倉市、熊本市和巖流島之外，尚有：岡山出生地、姬路城擔任名士、大阪（大阪夏之陣、冬之陣）、京都決戰、名古屋、兵庫縣等地。小倉名物：小倉牛，栗饅頭、鶯宿梅、明太子飯、河豚最中（以河豚餡做成的和菓子）等。熊本名物：夏蜜柑、和牛、馬肉、小代燒和天草陶磁器等工藝、香梅和菓子等。

下關布製
紀念物

第九話

劍俠佐佐木小次郎

—戰國時代與安土桃山時代的劍術家

須知人世自有道，
踏開深山荊棘行。

安土桃山時代的劍術家

佐佐木小次郎出生於文祿四年（1595），戰國時代與安土桃山時代的劍術家，富田勢源的弟子，曾與「中條流」的鐘卷自齋學習富田流小太刀技法；「中條流」是日本最古老的劍術流派，由中條兵庫頭長秀創建；富田勢源有兩名弟子，一為「一刀流」鼻祖之稱的「伊東一刀齋」；另一為佐佐木小次郎。但小次郎更喜歡獨創的「巖流」劍法，這種劍法使用的是比小太刀長許多的太刀，小次郎的愛刀「備前長船長光」長達三尺三寸，他的絕技「燕返し」，是能夠將長刀之利發揮到淋漓盡致的招式。

慶長十七年（1612）四月十三日，為了到細川家仕官，他受命與宮本武藏在位於關門

佐佐木小次郎畫像
（春川蘆廣繪）

小倉手向山公園佐佐木之碑

海峽的巖流島上決鬥。可惜小次郎在決鬥時並未將絕技「燕返し」施展，最後敗給宮本武藏，命喪巖流島。而他獨創的「燕返し」劍法也未傳授給弟子，使得這一招式從而失傳。

據專家研究，「燕返し」之技，實則乃拔刀術中極度高深的一種，使用柄部及刀刃比普通尺寸長許多的太刀，其有利點在斬出一劍做圓形運動時，因長度增加，劍尖部分的速度及攻擊力相當驚人。這即是攻擊與拔刀一體的拔刀術。說得明確，就是超速的拔刀與收刀之技。而拔刀術的攻擊，則符合日本劍道「一擊必殺」的原理，也就是「超快」。

即使練就一身「一擊必殺」絕技的小次郎，卻連「燕返し」都未及使出，即敗在宮本武藏的木劍下。跟武藏決鬥，小次郎無法發揮刀長的優勢，即因武藏在決鬥前，特意製作了一把木劍，這把木劍的長度是四尺二寸，比小次郎的「長光」長了整整一尺。兩強相爭，鬥智鬥力，小次郎力則有之，智有不逮，終焉敗陣，反倒使宮本武藏在巖流島一仗，名揚天下。

錦川畔的錦帶橋

岩國市錦帶橋

位於錦川畔的錦帶橋不僅是岩國地標，更是日本三大名橋之一。

錦帶橋跨越山口縣最大的錦川，延寶元年（1673）岩國藩三代藩主吉川廣嘉創建，橋長 210公尺、寬 5 公尺，橋形呈半圓錦帶狀，利用組合木構式技法施工，以橋本身的重量加強支撐力，整座橋身未用任何一根釘搭建，因而聞名。錦帶橋數百年來屢遭洪水沖毀，現今的木製橋為 2004 年改建。

錦川除了聞名的錦帶橋之外，夏季期間，遊客尚可觀賞到擁有三百餘年歷史的傳統鵜飼捕魚活動，鵜又名鸕鶿。尤其夜間的鵜飼捕魚均遵循古法，遊客藉由熊熊火光得以清楚觀賞到漁師利用訓練有素的鸕鶿捕捉河中小魚，這時，暗夜河面的點點燈火，易於使人引發思古幽情。

鄰近錦川河畔，岩國城下的吉香公園，矗立一座佐佐木小次郎舞劍的雕像。一說，小次郎出生岩國，據稱，他最著名的「燕返し」劍法，就是在錦川邊斬落在柳枝間飛翔的燕子，所獨創出來的劍術絕學。

錦川畔的錦帶橋

地景位置：
岩國市錦川河畔，岩國城下，自岩國車站乘公共巴士約 20 分鐘可達。

岩國城上俯瞰錦帶橋

岩國城

　　岩國市位於山口縣東端、瀨戶內海的安藝灘西岸。

　　岩國在平安時代，岩村氏居於此地，平氏滅亡後，大內氏取而代之，家臣弘中氏代治此地。嚴島合戰後，毛利氏滅弘中氏。武將吉川廣家於1601年在岩國山頂修築岩國城，七年後，江戶幕府頒布一國一城令，岩國城被廢；昭和三十七年（1962）重建。如今所見岩國城天守閣為四層鋼筋混凝土建築，一到三層陳列武士使用的武器日本刀、鎧甲與頭盔；四樓為展望台，往下俯瞰，吉香公園、錦帶橋，甚至遠方的瀨戶內海諸島和四國盡收眼底。現在的岩國城列為日本100名城之一。

岩國城

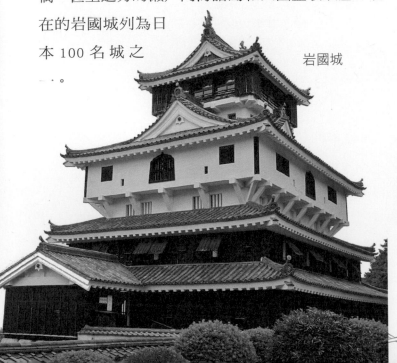

地景位置：
在 JR 岩國車站搭巴士到錦帶橋巴士站，步行 15 分鐘至山頂車站，再步行 5 分鐘即達。

一乘瀑布下練劍的小次郎

福井市淨教寺町一乘瀑布

關於佐佐木小次郎的出生地又有一說，稱小次郎的出生地在現今福井縣福井市淨教寺町，根據小說《二天記》裡的說法，巖流小次郎誕生於越前宇坡之莊、淨教寺村。天資聰穎，身體健壯。成為同國的富田勢源之家人，少時好劍，學打太刀於勢源。

淨教寺附近，貫穿戰國大名朝倉氏統治越前國所建城下町遺址的一乘谷川上游，有一落差十二公尺的瀑布傾瀉而下，猶如一條白綢緞，故稱「一乘瀑布」。

「一乘瀑布」不遠處尚有一落差五公尺的雌瀑布。這一條溪谷，即使在酷熱的夏日，仍覺清涼無比，好不舒暢。相傳在巖流島與宮本武藏決戰而聞名的劍豪佐佐木小次郎，便是在一乘瀑布下苦練修行，悟出「燕返し」絕招。由於一乘瀑布氣勢磅礴，NHK 電視台大河劇《武藏》即曾到此取景。

是否？異否？總是流傳，可當地村民在一乘瀑布旁建有小次郎練劍英姿雕像，卻是不爭事實。

地景位置：
福井市淨教寺町。從 JR 福井車站搭乘前往淨教寺的京福巴士，再步行約 20 分鐘可達。

福井縣淨教寺町一乘瀑布前的佐佐木小次郎雕像

伊勢神宮福井縣淨教寺町一乘谷朝倉　福井縣淨教寺
氏遺跡武家屋敷

一乘瀑布

錦帶橋小燈籠

1. 岩國市

　　岩國市是位於日本中國地方西部，屬於山口縣，距廣島市僅 35 公里。岩國是珍貴的白蛇棲息地，從錦帶橋步行約十分鐘可達白蛇館，觀看白蛇。

　　岩國市的名物：大塊岩國壽司小塊切，頗似佐佐木小次郎快速的刀法，餡料多，口感不錯。

岩國名物：大壽司

福井酸醬豬排丼

2. 福井市

　　福井縣古名越前國，《源氏物語》作者紫式部的故鄉。名物：越前陶藝最富盛名；酸醬豬排丼號稱日本第一。

第十話

獨眼 一刀柳生十兵衛

幕府時代武士，德川家光手下的劍術指導

梅開東風吹，
　千里送芳菲；
　主公雖不在，
　莫忘春已歸。

魔界轉生地獄變

柳生十兵衛原名柳生三嚴，幼名七郎，生於大和國柳生（現今奈良縣），是武家柳生宗矩的長男。宗矩原是德川家的兵法指導，深受德川家康與二代將軍德川秀忠信任，特封為幕府最高級幕僚。關原之戰，宗矩為第一代江戶幕府，協助德川家康擴大領地；之後的德川三代均被任命為劍術指導。

1616年，柳生三嚴成為德川秀忠侍從；後又成為德川家光的劍術指導，直至1631年，當十兵衛被公認為柳生家族最強的劍客時，卻被幕府以含糊不明的理由剔除。後來下落不明。

電影中的柳生十兵衛造型

柳生三嚴三十六歲重現江湖，在一次幕府面前表演劍術時，因劍術高超重獲職位，擔任短暫時期的御所印判，並控管父親領地，直到1646年柳生宗矩去世為止。

有關十兵衛的著作《月見

奈良市芳德寺柳生一族墓地

柳生十兵衛之父
柳生宗矩坐像

の諸》詳實記載他到父親的朋友澤庵宗彭處學習劍術，書中還說明他從江戶消失的十二年間，巡遊全國，藉以精進劍術的過程。

父親死後，他居住江戶幾年，不久辭退幕府工作，回到家鄉，於1650年初因不明原由過世。

柳生三嚴雖因身分低微被正史驅逐，文化界卻以他精湛的劍術，以

柳生十兵衛漫畫書

及從人間消失那幾年的經歷，創作出不少大眾化作品，1967年由作家山田風太郎著作的《魔界轉生》風靡日本，書中描述柳生三嚴參與 1637 年「島原之亂」的歷程。這個故事於 1981 年被深作欣二執導搬上大銀幕，還被漫畫家鳥羽笙子改編成《魔界轉生：夢の跡》；這部漫畫後來又被改編成動畫 OVA《魔界轉生地獄變》，在美國發行時則改名《忍者復活》。導演兼作家川尻善昭在他的動畫電影《獸兵衛忍風帖》中，重新詮釋主角牙神獸兵衛，以表示對柳生三嚴的尊敬。乃至於電子格鬥遊戲《侍魂》都取材自柳生三嚴的故事。

這些虛擬的情節，他總是被描繪成一個從過度驕縱的武士，後來卻拯救不少無辜農民的英雄人物；電影、電視、漫畫、動畫和電子遊戲尚包括有：《獨眼一刀流》、《柳生一族の陰謀》、《斬虎屠龍劍》、《城市風雲兒》、《柳生十兵衛》、《侍魂》、《武藏傳》、《於黑暗重生》、《鬼武者》、《十兵衛》以及《幕府武士》等。千葉真一、西城秀樹、村上

柳生家族老屋敷

弘明、上川隆也、反町隆史等都曾主演過柳生十兵衛一角。

　　雖然身為一名武士，柳生三嚴在流行文化中偶爾也會被描述成具有忍者的特徵。在他人生中消失的那十二年，被臆斷有可能扮演「忍者」，祕密為天皇做了些事。

　　傳說，柳生三嚴後來成為獨眼，那是因為跟父親柳生宗矩在一次鬥劍練習，不小心被擊傷，導致一隻眼睛失明。流行文化中，柳生三嚴的眼罩是刀鄂用皮革包覆而成。

柳生十兵衛月乃抄

奈良柳生芳德寺

　　位於奈良市柳生町的「芳德寺」，建於寬永十五年（1638），由大和國藩主柳生宗矩開基，澤庵宗彭開山創建，由宗矩之子列堂義仙為第一代住持，是柳生家園所屬重要的廟堂。寶永八年（1711）遭祝融燒燬，正德四年（1714）重建。

　　芳德寺本堂供奉木造澤庵和尚坐像、木造但馬守宗矩坐像、柳生三嚴手筆「月乃抄」以及柳生家相關資料，後院為柳生一族的家墓。

芳德寺參道

柳生の里一刀石

地景位置：
奈良市柳生町柳生の里。JR 關西本線笠置站下車，步行約 15 分鐘。

明治維新廢藩後，寺院荒蕪，僅留山門和梵鐘，直到明治末期仍為無人管理的寺院，大正十一年（1922）由柳生家後裔，出任原台灣銀行行長的柳生一義捐贈資金，本堂得以重建；此後，橋本定芳就任副住持，繼續為芳德寺再興奔走。

　　芳德寺因「柳生新陰流」的柳生三嚴而聞名。參訪芳德寺和柳生の里，尚可得見柳生家修練場天乃石立神社、柳生家老屋敷、十兵衛杉、一刀石、正木坂劍禪道場柳生新影流門生練劍所等柳生三嚴舊跡。

芳德寺正木坂劍禪道場，柳生新陰流門生練劍所

柳生十兵衛‧
歷史旅行の名景名產

1. 柳生町

芳德寺位於奈良市柳生町，柳生町在江戶時期為柳生家領地，所以又稱「柳生の里」；參訪柳生十兵衛的故里，除了一睹這位獨眼武士的故居外，位於柳生の里的十兵衛食堂、柳生茶屋是具特色的餐飲店，尤其柳生茶屋的柳生茶粥獨具風味，值得一嘗。

到訪「柳生の里」尚可購買以柳生十兵衛為主角的各類玩偶。

柳生の里的十兵衛食堂。

柳生の里的柳生茶屋與茶屋名物「柳生茶粥」。

第十一話 幕末風雲兒坂本龍馬

──幕末時代土佐藩的下級武士

無論世間如何道我論我，
但吾知吾欲成之事

──坂本龍馬

　　天保六年（1835）11 月 15 日出生於四國高知縣上町的坂本龍馬，祖輩經營才谷屋酒店，出售清酒，後取得鄉士身分。出生之前，母親曾夢見一條口裡吐著紅色火焰，還一邊跳躍著的龍，直撲胎體；生產之後，發現嬰兒的頭後項果然長有一排如馬一般的鬃毛，父親坂本八平直足便將他取名「龍馬」。

　　小時的龍馬絕頂聰明，凡事觸一通百，但不愛讀書，姊姊乙女只好教他一些強壯身體的技能，如

由勝海舟主持的神戶海軍操練所

習武、游泳等。十四歲時學習小栗流劍術，1853 年遊學江戶，後又赴京城拜師學習北辰一刀流劍術與洋式炮術；同年，美國海軍准將馬休 · 培里率黑船艦隊強行駛入江戶灣浦賀，意圖打開日本門戶，使得鎖國的日本沉浸在不知如何應付外來勢力的困境，龍馬遂於 1861 年聯合同鄉武市半平太，連同其他 192 人歃血盟誓，在高知縣結成「土佐勤王黨」，打著「尊王攘夷」旗幟，意謀反抗外國勢力，後因跟他人意見不合，龍馬選擇脫藩出走。

脫藩後的坂本龍馬，胸懷大志，深感學習西洋文明的重要性，遂而奔波在迷惘無依的世界裡，遊走大阪，在大阪的住吉，由道場老師千葉重太郎引薦，見到了以擁有開明思想而聞名的勝海舟，勝海舟曾留學美國學習海軍事務，為江戶幕府海軍負責人。一場重要的會面，龍馬被對方一席救國宏論懾服，隨之，拜入門下學習海軍航海術，並參與組建神戶海軍操練所，開始他的政治生涯，當時，坂本龍馬年僅二十八歲。

龍馬是個充滿智慧的「浪人武士」，由於他遠慮的見解和恢宏的氣度，幾度周旋在調解各藩利益衝突之間，後來卻轉折成為幕末推動維新革命，一個具劃時代意義的英雄人物，他向後藤象二郎提出「船中八策」的國家革新政策，更是「大政奉還」的策劃者，也是實際操盤手，

坂本龍馬

透過他的策劃和推進，日本終於結束長達八百餘年幕府武士當政的時代，走上還政於朝，以明治維新推動國家振興的道路。

　　他短暫的一生充滿許多傳奇，1865 年他應西鄉隆盛和小松帶刀之邀，於長崎組建「龜山社中」。文獻記載，「龜山社中」是日本最早的貿易公司，這間以龍馬為中心設立的貿易會社，位於長崎風頭山。長崎雖不是龍馬出生地，可他生前一連串開創日本貿易新知的活動，幾全落腳於此。

勝海舟　　　　　　　　　　　後藤象二郎

次年，又奔走調停成立薩摩藩和長州藩的薩長同盟。1867 年土佐藩加入薩長陣營，龜山社中改編為「土佐海援隊」，龍馬擔任隊長，自稱「才谷梅太郎」。結婚時，帶領妻子楢崎龍到鹿兒島開啟「渡蜜月」的先河；當別人還在耍弄武士刀的時候，他手裡握的卻是手槍；當別人手裡拿著槍打仗時，他卻從懷裡掏出《萬國公法》。

個性灑脫、隨興、重義氣的坂本龍馬，曾說：「世の人は、我を何とも言わば言え。我が成す事は我のみぞ知る。」中文譯為：「無論世間如何道我論我，但吾知吾欲成之事。」他就是這樣的一個「武力」不強，卻是道道地地具有「武士道」精神的人。

天忌英才，坂本龍馬在「明治維新」啟動之前，於慶應三年（1867）11 月 15 日，適巧三十二歲生日當天，在京都四条近江屋二樓和中岡慎太郎謀事論政時遭暗殺，生辰與歿亡同日，以悲劇英雄收場，死後和中岡慎太郎一起葬於圓山公園的靈山護國神社。

歷史小說家司馬遼太郎的《龍馬がゆく》曾以原著之姿被改編成影視，包括：1968 年由北大路欣也主演的 NHK 大河劇、1982 年由萬屋錦之介主演的東京電視台時代劇、1997 年上川隆也主演的 TBS 時代劇、2004 年由市川染五郎主演的東京電視台 40 周年時代劇。其他尚有 2010 年由福山雅治主演的 NHK 大河劇《龍馬傳》等。

明治初年，西南戰爭首領西鄉隆盛曾形容坂本龍馬：「天下に有志あり、余多く之と交わる。然れども度量の大、龍馬に如くもの、未だかつて之を見ず。龍馬の度量や到底測るべからず。」大意是說：我曾與多位有志之士結交。但有如龍馬一般，心胸之大卻是未曾見過。龍馬度量可謂深不可測啊。

坂本龍馬的老家

坂本龍馬出生地紀念館

　　建於四國高知市坂本龍馬出生地的「龍馬出生地紀念館」，西鄰坂本龍馬誕生地之碑，館外懸掛有「土佐維新歷史文化道‧坂本龍馬誕生地」的大標識。這座紀念館分東棟與西棟，東棟為展示館，展出坂本龍馬成長的「上町」歷史與文化、龍馬手稿，以及養育龍馬的家族等相關模型和影像，展覽區並設有龍馬自出生到脫藩為止的各種場景。

　　紀念館立有一座龍馬雕像，供遊客參觀、拍照。

　　紀念館對面，也即龍馬老家建地內，坐落一間名叫「HOTEL 南水」的旅館，館內一樓到七樓的樓梯旁與大廳，展示不少與龍馬有關的珍貴照片、肖像等資料。一樓紀念品販售區，提供杯子印有龍馬人像的「龍馬咖啡」，十分得趣。

紀念館立有
龍馬雕像

地景位置：
高知縣高知市上町。搭乘土佐電鐵到上町 1 丁目下車，徒步可達。

龍馬出生地紀念館

乘風破浪的幕末戰船

坂本龍馬紀念館

　　坂本龍馬紀念館的外貌，被設計成一艘面向太平洋的船舶造型，跟坂本龍馬喜歡乘風破浪，四海揚帆翱翔的個性相應和。

　　館內分為七個場景，分別介紹坂本龍馬短暫卻精采的人生片段；二樓展覽室以圖解及影像介紹其生涯、人格、相關人物。地下二樓資料室，陳列展示坂本龍馬在京都近江屋遭暗殺的沾血屏風，以及坂本龍馬背書的「薩長同盟」盟約的複製品等。

紀念館後方臨海的坂本龍馬雕像

　　館內展示龍馬使用過的手槍、幕末時期跟龍馬有關聯的人物等文物。其中最吸引人的是龍馬寫給姊姊乙女，報告新婚旅行過程等圖文並茂的信件原稿，以及龍馬遭暗殺前兩天寫的最後一封信等。

　　在苦難時代被創造出來的英雄人物，坂本龍馬紀念館的出現，宛如敘述幕末，一段可歌可泣的歷史事件，正一幕幕掠過，如夢似真的浮現眼前。

船舶造型的坂本龍馬紀念館

地景位置：
高知縣高知市浦戶城山。從 JR 高知站搭乘前往桂浜的巴士，約 35 分鐘後在「龍馬紀念館前」下車；或從高知縣龍馬空港搭巴士約 35 分鐘可到。

到鹿兒島蜜月

鹿兒島霧島蜜月旅行之地

京都「寺田屋事件」後，坂本龍馬和妻子楢崎龍得到遠在薩摩藩的西鄉隆盛和小松帶刀的邀請，開創了日本新婚夫婦蜜月旅行的先驅，2月29日經大阪搭乘三邦丸，3月7日到達下關、巖流島，3月10日到鹿兒島，在吉井幸輔的導遊下，遊玩了日當山、鹽浸溫泉和霧島、榮之尾巴，再爬上高千穗山峰等地，一邊遊玩一邊療傷，直到六月初才返回。

離開鹿兒島，楢崎龍跟隨坂本龍馬回到長崎，留在那裡學習月琴，龍馬則率領龜山社中的同伴，參與長州海軍和幕府軍隊的戰鬥；戰後，坂本龍馬遇到對他人生影響極深的後藤象二郎，後藤除了免除他兩次脫藩之罪，還替他購買船票，並委任他擔當土佐海援隊的隊長。

鹿兒島的霧島溫泉鄉因坂本龍馬和楢崎龍的蜜月旅行而聲名大噪。鹽浸溫泉和霧島景色，因此成為旅遊鹿兒島的重要景地。

小松帶刀

地景位置：
鹿兒島縣位於日本四大列島中最西南端的島嶼，搭乘九州新幹線鹿兒島線的鹿兒島中央新八代線，鹿兒島和博多之間僅需約2小時10分鐘即可抵達

さかもとりょうま じょうりく ち
坂本龍馬上陸の地

坂本龍馬到霧島山
蜜月旅行上陸所在

西日本最大的神宮

霧島神宮

　　坂本龍馬和妻子楢崎龍停留鹿兒島 88 天期間，曾造訪霧島神宮。

　　霧島神宮為南九州最大神宮，也是霧島的地標，祭祀日本傳說中的開國之神「瓊瓊杵尊」。神宮開基，是在欽明天皇時期，由名叫慶胤的僧侶奉命在高千穗峰與火常峰之間創建的神社。

　　神宮原先位於高千穗峰，因火山爆發，遭遇多次祝融燒燬，1484 年始遷移至現址。現在的殿宇是正德五年（1715）第 21 代薩摩藩主島津吉貴捐贈重建，已逾三百多年。

　　坐落在樹林中的霧島神宮，共有三座鳥居，最外面的大鳥居高 22.4 公尺、兩柱間隔 16 公尺，為西日本最大。手水舍旁聳立著超過七百年樹齡的巨杉，象徵神宮的悠久歷史。尤其朱紅鮮豔的殿宇是最大特色，柱、樑等主要部分繪有彩色文樣及鑲有鍍金裝飾，別名「西邊的日光」，十分優雅。

　　龍馬與妻子到霧島深山的溫泉療傷，順路繞到高千穗，特別在霧島神宮住過一宿，對於寺院裡的大杉樹及殿宇等建築表示贊嘆。坂本龍馬的鹿兒島之行被喻為首位舉行婚後「蜜月旅行」的日本人。

霧島神社本殿

地景位置：
鹿兒島縣霧島市霧島田口。JR 日豐本線霧島神宮站下車，步行 10 分鐘可達。

風頭山遇見坂本龍馬

長崎風頭公園

　　風頭公園位於距離長崎市中心東方約三公里處，原名龜山，標高 151.9 公尺，從公園展望台可以清楚看見長崎市區與港埠全貌。車抵風頭公園站，映入眼前，公園入口石碑上刻有「台灣新竹成功獅子會」字樣，使人感到格外驚喜。

　　沿著山路兩旁，栽植各色繡球花的風頭公園，使整座山彰顯得格外明亮清晰；山頂展望台，矗立著高 4.8 公尺的坂本龍馬銅雕像，胳膊雙抱，一副威風凜凜凝視長崎港灣的模樣，銅像下方一塊刻有司馬遼太郎手書讚譽龍馬的石碑，字跡清晰易見；是的，這個豪爽的浪人型男子，就該是這副神情，

長崎風頭公園

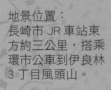

地景位置：
長崎市 JR 車站東方約三公里，搭乘環市公車到伊良林 3 丁目風頭山。

職業寫真家上野彥馬墓園

風頭公園的龍馬道

司馬遼太郎歌碑

不落世俗形式的自由氣息，
顯示出滿腔革新性格的模
樣，正是龍馬本色。

　除了龍馬雕像，日本攝
影先驅、職業寫真家上野彥
馬的墓園，以及唐朝通事林
官梅家族的墓地都在這裡。

風頭公園山頂的坂本龍馬雕像

日本第一家貿易株式會社

長崎風頭山龜山社中

「龜山社中」展示
龍馬使用過的月琴

地景位置：
長崎市 JR 車站東
方約三公里，伊
良林 3 丁目 510-6
風頭山。

坂本龍馬進入勝海舟的「勝塾」，被委任為塾頭後，不斷拉攏親戚和熟人進入勝塾，成為勝海舟的弟子。好景不長，1864 年 10 月，勝海舟被江戶幕府召回，失去權勢，坂本龍馬等人成為隨時都有可能被人追殺暗算的亡命之徒；不得已的情況下，他跟著小松帶刀去到鹿兒島，幫忙從事運輸業。

1865 年 5 月，坂本龍馬和他的一夥朋友開辦起海運公司，該會社所在地設在長崎市龜山，會社名稱「龜山社中」。龜山，現名風頭山。

「龜山社中」被認為是日本第一家貿易株式會社，成立期間，得到當時薩摩藩大力援助，跟勝海舟交情不錯的朋友也都對龜山社中的成立幫了不少忙。

「龜山社中」成立後，所接辦的第一件商事，就是協助當時的長州藩（山口縣）和英國商人托馬斯進行交易，購買名叫 UNION 的船艦。

看來，坂本龍馬對於位在風頭山腰的「龜山社中」十分重視，也因為成立這一家日本第一的貿易株式會社，使得龍馬日後聯合各大藩從事大政奉還

「龜山社中」被認為是日本第一家貿易
株式會社

的活動，助益良多。

　　散步走進風頭公園的花間小
道、山腰住宅小巷，甚而穿梭行走
在長短寬窄不一的石階，到處得見
以坂本龍馬的畫像做為指標的指示
牌，彷彿龍馬就在這些窄小的巷衖
石階上上下下出入。

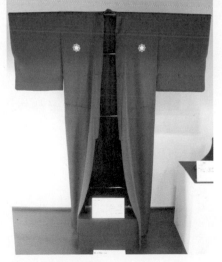

龍馬穿過的衣服

龍馬道上的銅靴

風頭山龜山社中紀念館

龜山社中資料
展示場

地景位置：
長崎市 JR 車站東
方約三公里，伊良
林風頭山，龜山社
中斜對面。

日本文獻資料說明，由坂本龍馬主導的「龜山社中」係日本最早的貿易商社，除了經營海運，在「薩長同盟」的談判中也占有關鍵性地位。

薩長同盟對後來的明治維新奠定重要基礎，其中「龜山社中」大當家坂本龍馬所扮演的角色，成為主要關鍵。

「龜山社中紀念館」成立於 2009 年 8 月 1 日，將幕末時代的原建築隔間，保留重建，空間雖不大，室內展示龍馬使用過的月琴、槍枝、刀劍、龍馬畫像、龍馬衣著，以及改建前的瓦礫，讓人得以想見龍馬當時在此工作的情景。

「龜山社中紀念館」前，狹窄的「龍馬道」，漫步走過，別具一番清雅風味。

就在「龜山社中紀念館」入口處斜對面的「龜山社中資料展示場」，內部展示龍馬擔任土佐海援隊長的照片和相關史料，包括龍馬寫給姊姊的信件真跡，以及各種與龍馬相關的紀念品販售。

鄰近資料展示場不遠處，置放一雙與龍馬穿過的同款大型銅雕靴，這雙銅靴，如今成為拍攝長崎和龍馬傳奇故事，最具代表性的標誌。

由坂本龍馬創建於1865年的「龜山社中」，經過復原，將成為「長崎市龜山社中紀念館」。「龜山社中」被認為是坂本龍馬在長崎策劃改變日本歷史的重要據點，復原後的建築，可以見到坂本龍馬曾經靠過的「龍馬柱」，以及他使用過的手槍和複製的書信手稿。

展示場展出許多幕末名人相片

坂本龍馬使用過的武士刀

資料展示場外的坂本龍馬銅製皮靴

展示場展出龍馬相關資料

風頭山苔蘚遺址

風頭山若宮稻荷神社

從新建復原的「龜山社中紀念館」，到「龜山社中資料展示場」，再到「龍馬銅靴展望台」，有關坂本龍馬出現在風頭山的歷史景點，全集中於此；至於坐落在「龍馬銅靴展望台」後方的若宮稻荷神社，據稱也是龍馬常出現參拜的古老寺院。

所見石階上滿布苔蘚的若宮稻荷神社，立有一尊比風頭山頂小許多的坂本龍馬銅像，供遊客賞覽。只是不知前往若宮稻荷神社的香客究竟是為參拜神明，還是為觀賞龍馬的雕像而去？

走進神社，發現陽光普照的風頭山，使這一座樹蔭遮天的寺院，四周飄送清涼微風，恰可撩起旅人幾許舒暢的淡淡快意。

若宮稻荷神社的
坂本龍馬雕像

地景位置：
長崎市 JR 車站東方約三公里，伊良林風頭山，龜山社中右側山路旁。

若宮稻荷神社

滿布苔蘚的若宮稻荷神社

公會堂前眼鏡橋

長崎眼鏡橋

從風頭山漫步下山到長崎市區，距離很近。順著龍馬道，走到「公會堂前」巴士站前，在地圖中找到龍馬每次到「龜山社中」必經的眼鏡橋。這座建造在中島川上，日本最古老的石造拱橋之一，映在水面的倒影，果真像一副大型眼鏡。與江戶的日本橋、岩國的錦帶橋，名列日本三大古名橋。

這座名橋於昭和五十七年（1982），差點被大洪水沖壞毀損，目前所能見到的橋身，則是後來重修的新橋，日本寫真先驅上野彥馬早就為這一座橋留下最初的珍貴畫面；人們為了紀念出生長崎的上野彥馬，就近在眼鏡橋畔為他和坂本龍馬立下一座銅雕石碑像。

上野彥馬生逢日本近代史上最激盪人心的「幕末維新」時代，他以自修方式學習荷蘭語，並學會攝影的化學原理與攝影技術。1862 年，他在出生地長崎中島川畔開設了日本第一家「上野攝影局」，為當時奔走於推翻幕府，推動維新的志士們留下不少影像，尤其坂本龍馬被拍的照片特別多，也特別著名。

上野彥馬眾多以人物肖像為主題的攝影作品

上野彥馬和坂本龍馬的銅雕石碑像

地景位置：
長崎市公會堂對街右側巷內。

中，一張當年參與推翻幕府，推動維新運動的重要人物，聚集在英語學院拍攝的合照，最令人嘖嘖稱奇，這張照片幾乎包羅幕末維新這段時期所有的知名人士，如明治天皇、勝海舟、坂本龍馬、伊藤博文、西鄉隆盛、後藤象二郎、陸奧宗光、大久保利通、高杉晉作、桂小五郎、小松帶刀、中岡慎太郎等四十六位；這一張相片，像是凝聚日本之所以能在後來成為亞洲近代史上第一強權的意志。這種難得聚合的機緣，想來也只有上野彥馬這位日本第一的寫真攝影家才能辦到。

左：幕末精英大合影

下：眼鏡橋是日本最古老的石造拱橋之一

龍馬遇刺
京都近江屋舊址

1867 年 11 月 15 日晚上，北風呼嘯而過，天候特別寒冷，時值三十二歲生日的高知縣鄉士坂本龍馬，與陸援隊長中岡慎太郎在京都四条河原町，土佐藩人經常出入的醬油商經營的近江屋，為了龍馬主張和平轉移，中岡慎太郎主張武力倒幕，兩人爭論得特別激烈。

「石川（慎太郎的別名）呀，如果把刀放在旁邊，遠離刀再來討論事情不好嗎？」龍馬對慎太郎建議說。

近江屋
舊址石碑

地景位置：
坂本龍馬遭難地，位於京都市四条河原町與蛸藥師町路口，OK 便利商店門前，立有「坂本龍馬　中岡慎太郎遭難之地」石碑。

坂本龍馬與中岡慎太郎遭難地

「行，就這樣吧！」慎太郎回答。為了避免動武衝突，雙方把刀放在地板，手搆不到的地方。

「天冷，肚子又餓，今天是我生日，喝一杯吧。峰吉！買點雞來。」僕人峰吉出去買雞時已是晚間九點許。不久，樓下有客來訪，照料龍馬的山田藤吉打開正門，見兩名蒙面武士。對方禮貌地問：「我們是十津川（地名）的地方武士，龍馬先生在的話，請務必引薦一下。」接著，出示名片。龍馬和慎太郎朋友多，藤吉不疑有他地接過名片。藤吉上樓將名片轉交給龍馬，轉身關門正要下樓至招呼來客時，就被跟在後面的刺客砍了六刀，流血倒地。

中岡慎太郎的出生地：高知縣安藝郡北川村柏木

龍馬聽到外面的聲音，還說了「ホタエナ！」（土佐方言，不要吵的意思）。兩名刺客像疾風一般直奔二樓房間。刺客一從背後對準坐在前面的慎太郎砍下一刀，刺客二對準坐在火盆前的龍馬前額橫掃一刀。受傷的龍馬轉身要拿放在地板的愛刀「吉行」時，從後右肩又被斜砍了一刀。刺客正要再砍，龍馬用未及出鞘的刀擋住，刀身被斬斷，前額再掃一刀，鮮血直濺牆上《山茶花》掛軸，腦漿直溢，對著慎太郎喊道：「石川，刀、刀……」便昏死過去。

四國高知縣北川村中岡慎太郎雕像

中岡慎太郎

慎太郎聽到龍馬喊叫，但長刀在屏風後面，只得用信國短刀和刺客交戰，不料又被刺客補上幾刀，倒入血泊。刺客說了聲：「行了，已經行了。」隨即揚長而去。

刺客離去後，龍馬一時甦醒過來，一面拔刀，一面朝滿臉鮮血的慎太郎問道：「手還頂用嗎？」勉強提起燈籠爬到樓梯邊，一面往下看，一面喊著家人，然後對著慎太郎說：「我頭被砍到，已經不行了吧⋯⋯」這時鮮血大量流到樓下。爾後中岡慎太郎拖著重傷的身體，前往鄰居求救。半小時不到，峰吉抓著買來的雞，見到如此慘狀，跌坐在兇案現場。

龍馬當晚過世，受六處重傷的藤吉次日斷氣，慎太郎則在兩天後死去。十八日午后兩點，三具大體在陸海援隊員以及在京都的土佐藩同志護送下，抬到東山之麓靈山墓地安葬。史稱「近江屋事件」。

圓山公園龍馬塚

京都靈山歷史館、靈山護國神社

龍馬和慎太郎遭暗殺後二十四天的12月9日，王政還朝的號令發出，日本正式進入明治維新時代。葬於圓山公園靈山護國神社的龍馬也由明治維新後的新政府追贈正四位。

成為歷史之謎的「近江屋事件」，一般認為有三種可能：一、刺客來自京都見迴組。二、刺客來自新撰組。三、這是薩摩藩的陰謀。

幕末期間，龍馬的名望原本不高，不過就是一名普通的維新志士、善於貿易的商人和各藩間的仲介人罷了。

地景位置：
位於京都市東山區
閑寺靈山町。鄰近
圓山公園。

坂本龍馬和中岡慎太郎之墓

然而，死後百年間，他被界定為日本歷史上運氣最好的人，盛名遠播，蜚聲海外，並深受民眾愛戴，人們認為他是拯救日本的悲劇英雄；產業界認為他是近代日本商業始祖；民主派認為他是民主先驅；保守派認為他是尊皇忠臣；軍國主義者認為他是帝國海軍的保護神。

自此之後，龍馬的名聲遠超過「維新三傑」，甚至高過高杉晉作和勝海舟等人，不能不說是歷史變遷中，偶然的異數。

坂本龍馬和中岡慎太郎墓所銅像

京都靈山護國神社

到處遇見龍馬

京都圓山公園

圓山公園位於京都市東山區，四条通的東面盡頭，公園東面是祇園的八坂神社，北面是知恩院。背靠東山的圓山公園占地約八萬多平方公尺，明治十九年（1886）開放，是京都最古老的市立公園。

迴遊式的庭園由小川治兵衛設計，公園內設有食店、表演場地、長樂寺、高台寺，園區種植數百棵染井吉野櫻、枝垂櫻和山櫻，中央約12公尺高的「祇園枝垂櫻」是公園的標誌。每年櫻花季有販賣攤位，園內特定位置亦可以席地賞櫻，入夜後的櫻花樹有燈光照明，為京都賞櫻名所。

到圓山公園賞花探景之餘，必然經過矗立在綠

圓山公園黃昏景色

地景位置：
位於京都市東山區，八坂神社上方。

圓山公園高台寺
觀音像

圓山公園的坂本龍馬和中岡慎太郎雕像

意盎然群樹間，坂本龍馬和中岡慎太郎的銅雕像廣場。兩位幕末悲劇英雄雕像，以武士英姿昂然挺立。

第一個提出「日本國」概念的坂本龍馬，同時也是日本歷史上第一個穿皮靴的人、日本第一座以人名為機場名的四國高知龍馬空港、第一個帶新娘「蜜月旅行」的日本人、荷蘭釀製的「明治維新十二人組」啤酒中最受歡迎的為「坂本龍馬」、第一個以萬國公法與外國公司打官司勝訴的日本人。坂本龍馬的傳奇故事，始終未曾間斷的流傳民間。

據傳，龍馬小時候前往河川游泳，途中忽然下起雨來，跟他同行的朋友問他：「已經下雨了，還要去游嗎？」龍馬回答：「弄濕身體和下雨有什麼差別？」二話不說就跑去河川游泳了。

身高約為 175 公分的坂本龍馬，在江戶時代算是身材高大的漢子，他喜歡寫信給家人和朋友，當前收集有超過一百三十封以上，龍馬的親筆信，放置在高知縣立坂本龍馬紀念館，這些保存完好的信件，已被指定為日本重要文化遺產。

高瀨川幕末名人碑

京都高瀨川幕末名人碑

　　倒幕活動期間，坂本龍馬和各藩志士經常出入京都，其暫時住所和各藩邸址，大都集中在高瀨川源頭的木屋町附近。

　　位於京都市中心的高瀨川是一條人工運河，由出生嵯峨嵐山的富商角倉了以於 1611 年開鑿建造，這條運河在中京區的木屋町通二条下游附近開始分流，形成鴨川支流，與鴨川平行向南流淌，在中京、下京、南區陶化橋附近注入鴨川，於東山區福稻再次分流，流經伏見區，最後注入宇治川。

　　高瀨川全長十公里，河寬七公尺，是江戶時代繁榮京都到伏見之間的水運。河道上設有九處裝卸貨物的碼頭，高瀨川源頭的木屋町二条被稱為「一之船入」，川畔還立有石碑，被列為國家歷史遺跡。

　　如今，矗立在高瀨川木屋町周邊，除了留有角倉了以別邸跡碑、角倉氏邸跡碑、角倉了以翁顯彰碑之外，幕末時期往來其間的志士宅邸、事件發生所在地等，都被以石碑

地景位置：
位於京都市二条大橋與四条大橋之間木屋町通的高瀨川段。

桂小五郎雕像

註記下來，留給遊客懷想那段陰
鬱、慘烈的歷史事蹟。包括：桂
小五郎和愛人幾松寓居跡碑、池
田屋跡碑、近江屋跡、坂本龍馬
寓居跡碑、中岡慎太郎寓居跡碑、
古高俊太郎邸跡碑、桂小五郎雕
像等。

高瀨川「一之船入」

坂本龍馬寓居跡碑

坂本龍馬・
歷史旅行の名景名產

1. 高知縣

　　高知縣高知市上町為坂本龍馬出生，除了建有
「坂本龍馬出生紀念館」和「坂本龍馬紀念館」之
外，尚有不少幕末土佐藩武士的遺跡。武市半平太
舊邸、武市半平太塚、鶴田塾跡、須崎砲台場跡、
中岡慎太郎舊邸、中岡慎太郎遺髮塚、龍馬公園、
坂本神社、龍馬和水戶浪士會
見地、武市半平太道場跡、後
藤象二郎誕生地、板垣退助誕
生地、山內容堂公邸跡、武市
半平太殉節地、坂本家墓地、
近藤長次郎邸跡等。

坂本龍馬的相關紀念物

　　到高知市「坂本龍馬紀念
館」時，購買龍馬周邊商品，
留作紀念。

2. 長崎港

　　到長崎旅遊，不能免俗的一定要買好吃的「長
崎蛋糕」。長崎蛋糕最早起源於西班牙的 Castilla
王國，葡萄牙商人為了能進入日本做生意，百般設
法想要面見天皇，便將過去 Castella 王國招待貴賓

左：長崎文明堂蛋
　糕店
下：文明堂蛋糕

長崎「夢彩都」
的海產餐點

　　的精緻蛋糕做為貢品，這種特殊香甜氣息與綿密口感的甜品，立即博得天皇讚賞。葡萄牙商人更大量製作這種糕點，在街上分送給原本即喜愛甜品的日本民眾。

　　用砂糖、雞蛋、麵粉作成的蛋糕大受歡迎，日本人問葡萄牙人：「這是什麼東西？」葡萄牙商人回答：「這是一種從 Castilla（葡音：Castella）王國傳來的甜點。」從此，日本人誤將「Castella」當作甜點的名字流傳下來，這就是長崎蛋糕「Castella」名稱的由來。

京都西陣織館出售的拖鞋　　　　　京都西陣織館出售的手帕和手巾

　　長崎蛋糕流傳至今，福砂屋、松翁軒、文明堂，這三家老店是長崎蜂蜜蛋糕在日本最富盛名的「御三家」，其中「福砂屋」創業於寬永元年（1624），被認定為日本長崎蛋糕發展時間最長久的老字號名店；到長崎未嚐「長崎蛋糕」，就不算到過長崎。

3. 京都市

　　京都西陣織聞名遠近，手絹、毛巾、布包、和服等，可選購為紀念品。

第十二話

維新三傑西鄉隆盛

—江戶時代末期薩摩藩武士

士貴於獨立自信，
　趨炎附勢之念不可取。

——西鄉隆盛

關於西鄉隆盛
出生鹿兒島的末代武士

原名西鄉隆永的西鄉隆盛，1828 年生於鹿兒島城下加治屋町，是御勘定方小頭西鄉九郎隆盛的長男，江戶時代末期的薩摩藩武士。他和桂小五郎、大久保利通並稱「維新三傑」。

自幼受嚴格武士訓練，1844 年起任下級官吏。

西鄉隆盛畫像

據稱，1851 年初，西鄉隆盛曾接受藩主的祕密任務，前往台灣探勘。他由琉球群島南下，抵達基隆社寮島，發現有清兵駐守，便轉往東行，越過烏石港，從南方澳內埤一處沒人看守的白砂海灘上岸。期間，居住半年，並與一位十七歲的平埔族少女「蘿茱」相識，日本學者推測其大兒子太郎應該就在此時產下，不過父子

兩人並未相見，西鄉隆盛即銜命返日。巧合的是，其子西鄉菊次郎於 1897 年到 1902 年曾來台擔任首任宜蘭廳長。

返日後的 1854 年，西鄉隆盛成為開明派藩主島津齊彬的親信扈從，隨其前往江戶，參與藩政，並為尊王攘夷運動奔走。1858 年，島津齊彬病逝，其主張天皇與幕府權力合一的「公武合體」運動半途而廢。1858 年幕府最高執行長官井伊直弼大量迫害反幕府人士，史稱「安政大獄」。西鄉隆盛護衛被幕府追殺的僧人月照返鄉，不願服從新藩主逮捕月照的命令，11 月 16 日與月照一起在錦江灣投海。月照絕命，西鄉獲救，後被流放到奄美大島和衝永良部島等地，嘗盡人世辛酸。

1862 年西鄉隆盛在已握藩中大權的大久保利通協助下返回薩摩藩。然而其政治主張「尊王攘夷」與藩主的「公武合體」相互矛盾，再次被流放小島。

1864 年再度被召回藩，在京都掌握藩的陸海軍實權。同年參與鎮壓尊王攘夷派的第一次征討長州藩戰爭，受到薩摩藩和會津藩聯合攻擊，這時，坂本龍馬認為，如果長州藩和薩摩藩兩個大藩不聯合起來，想要討伐德川幕府是不可能的，於是，便和盟友中岡慎太郎一起在兩個大藩之間奔走，進行斡旋。

1865 年的年底，眼看時機成熟，長州藩的統領桂小五郎到京都會見已然掌握軍權的西鄉隆盛；聽聞桂小五郎要會見西鄉隆盛，坂本龍馬也於 1866 年 1 月抵達京都，當時的桂小五郎雖然得到西鄉隆盛隆重的接待，但兩大藩主都為個人面子，沒能針對結盟一事進行深入談判。後經坂本龍馬居中協調，雙方終在同年 1 月 21 日達成薩長同

西南戰爭，西鄉隆盛花岡山巡見（月岡芳年繪）

盟，龍馬成了這個歷史時刻的見證人。

1868 年 1 月 3 日，與岩倉具視、大久保利通等人發動王政復古政變，推翻德川幕府的統治，建立明治新政府。同年的戊辰戰爭中任大總督參謀，指揮討幕聯軍，取得戰爭的勝利。他於倒幕維新運動和戊辰戰爭的功勳，在諸藩家臣中官位最高，受封最厚。1871 年到東京就任明治政府參議；1872 年任陸軍元帥兼近衛軍都督。

維新政府「革新」，卻讓武士逐漸失勢，尤其下級武士無以維生，徵兵令施行後，下級武士正式被宣告失去軍權，西鄉隆盛為圖恢復下級武士勢力，遂起「征韓」、「征台」之念，自薦擔任遣韓大使，維新重臣大久保利通等人認為維新政府應以內政為

明治九年，西南戰爭鹿兒島縣下賊徒蜂起之事件（月岡芳年繪）

重，否決西鄉提案，西鄉憤而下野，1874 年辭職回到家鄉，在鶴丸城的馬小屋舊址開辦「私學校」，傳揚舊武士精神。

明治十年（1877），薩摩不平士族攻擊鹿兒島的政府軍火藥庫，揭開西南戰爭序幕。當時西鄉隆盛並不在鹿兒島，聞訊後慨然長嘆，但依然回到鹿兒島，統率士族，以「質問政府」為名揮軍北上，並在熊本城與政府軍爆發激戰。最後政府軍擊敗薩摩軍，西鄉軍隊從田原阪敗戰返回鹿兒島，退守城山。面對政府軍總進攻，守軍投降，西鄉在城山下令總攻擊，卻被流彈擊中，村田新八村從背後將西鄉抱起，西鄉說道：「被中要害，不可得救，請斬之！別府！別府何在？」忠僕別府晉介找來醫生急救，西鄉卻命令別府速速斬之，別府不得不從，揮淚斬西鄉。

西鄉僕人將西鄉首級藏了起來，不久後被尋覓，曾被西鄉援救過的政府軍官員山縣有朋見到西鄉首級時舉手敬禮，嘆道：「嗚呼！真

西南戰爭，西鄉隆盛和愛妾離別圖（月
岡芳年繪）

鹿兒島上龍尾町，西鄉隆盛南洲墓園

好死樣，與平生溫和的容貌毫
無二樣，使我輩兩百數十日間，
一日不安心者，以西鄉在也。
今日我心終於安下；西鄉為天
下英雄也，知我者莫若西鄉翁，
知西鄉翁者莫若我矣。使西鄉
至於今日，千古為之遺憾。」

平生為人處世好惡分明的西鄉隆盛後來被葬於鹿兒
島淨光明寺山丘，享年五十一歲。維新初期最後一
場內戰結束，史稱「西南戰爭」。

西鄉隆盛被喻為「最末武士」，他的死亡，宣
告了日本武士時代徹底終結。

曾經說過：「生，是死之始；死，是生之終。

明治七年，西鄉隆盛主張日本海外出征，攻打台灣
恆春半島牡丹社的軍事行動（月岡芳年繪）

不生則不死，不死則不生，生固生，死亦生，生生之謂易。」的西鄉
隆盛，於明治七年（1874），琉球王國船難者遭台灣原住民殺害，為
了安撫士族情緒，主張日本第一次海外出征，攻打台灣屏東恆春半島
牡丹社的軍事行動，造成隨後日清兩國外交折衝的西鄉隆盛；1895
年日清戰爭，形象被拿來鼓吹成為戰神的西鄉隆盛；第二次世界大戰
前，被日本人奉為精神崇拜者的西鄉隆盛，究竟屬於亂臣賊子，還是
武士英雄？

　　據稱，2004 年出品，由湯姆・克魯斯、渡邊謙、真田廣之主演
的電影《末代武士》（The Last Samurai），其中的「末代武士」勝元
盛次，即是以西鄉隆盛做為故事原型。這部電影，主要描述武士全心
維護傳統武士道精神的劇作，劇情以 1876 年至 1877 年發生在熊本
和鹿兒島的西南戰爭和明治維新為背景。

西南戰爭最後激戰地

鹿兒島城山公園

「西南戰爭」從田原阪敗戰後返回鹿兒島的西鄉軍隊，退守城山。不久，面對政府軍的總進攻，守軍不敵，潰敗投降，西鄉隆盛則在城山自盡，由別府晉介相侍介錯。

城山是鹿兒島最高山，位於鹿兒島市正中央，海拔 107 公尺的瞭望台可俯瞰鹿兒島市區和不遠處裊裊煙起的櫻島活火山，這裡更是欣賞鹿兒島夜景

地景位置：
位於霧島市國分上小川。從鹿兒島中央車站搭乘巴士前往城山公園前，下車徒步。

鹿兒島公園
西鄉隆盛像

左上：鹿兒島城跡
左：西鄉隆盛在西南戰爭中躲藏的洞窟
上：西鄉隆盛終焉地雕像

的最佳景點。山頂遍布亞熱帶野生植物天然林，蔦、羊齒等六百多種植物。

　　城山四周是西南戰爭最後激戰的地方，瞭望台周圍仍保留為數眾多的遺址，包括西鄉隆盛在戰爭末期做困獸之鬥，度過人生最後五天的洞窟和斷魂之地等。由鄉土雕刻家安藤照製作，穿著軍服的西鄉隆盛雕像則矗立於城山公園之中。

　　幕末武士大將終焉歸塵故土，城山公園可是「最末武士」的傷心地呀！

牽著薩摩犬的西鄉隆盛

東京上野公園西鄉隆盛塑像

高村光雲製作，上野公園西鄉隆盛雕像

櫻花武士

268

歷史之旅

地景位置：
東京都台東區上野公園池の端3丁目。
從JR東京地鐵銀座線和日比谷線的上野站步行2分鐘。
或從京成線的京成上野站步行1分鐘可達。

原名叫上野恩賜公園的上野公園，園內種植有染井吉野櫻花和山櫻花，是東京屈指可數的賞櫻名所。公園入口處，塑立一尊西鄉隆盛將軍的銅像，供人瞻仰。西鄉過世後的1889年，由大日本帝國憲法頒布特赦，並追贈正三位官階。

1897年，東京上野恩賜公園西鄉隆盛銅像落成，一手牽著薩摩犬，一手握腰間日本刀的樣貌，係根據版畫製作，銅像揭幕典禮上，遺孀表示，銅像與丈夫真正長相完全不同。清朝末年，戊戌維新運動領袖人物，著名思想家王韜、黃遵憲、梁啟超等人訪日時，都曾到過上野公園瞻仰西鄉隆盛銅像。

現在的上野公園係由東京都恩賜上野動物園、國立西洋美術館、國立科學博物館、東京國立博物館、上野東照宮、森鷗外舊居跡、正岡子規紀念球場等構成，是東京市民假日郊遊去處。

其中，上野動物園是日本最古老的動物園，裡面最受歡迎的動物是來自中國的熊貓；上野公園西南角有座不忍池，塘中水鳥成群悠遊，景色詩意動人。

上野恩賜公園的位置由上野車站公園口前延伸

到鶯谷站西側，所在區域為德川家康幕府擁有的寬永寺所在地。1873年，當時的政府在該處建造全日本第一座公園，1876年正式開園，原屬皇室所有；1924年始由大正天皇賜與東京市管理，故名「恩賜公園」。

上野公園不忍池

西鄉隆盛・
歷史旅行の名景名產

熊本市香梅和菓子

1.鹿兒島

往城山公園的路上會經過名為「西鄉隆盛洞窟」的「防空洞」，那是歷史遺址。城山公

鹿兒島味噌麵

園販賣部出售各種造型可愛的「西鄉隆盛」紀念品。西鄉隆盛辭職回到故鄉鹿兒島開私塾，在鶴丸城的馬小屋舊址開設學校，學生數 800 人，目前縣內有 136 所分校。鹿兒島人奉西鄉為神，景點繁多。

鹿兒島篤姬館

上野阿美橫町

2. 阿美橫町

　　到東京上野公園參訪，必定要
到鄰近公園旁的阿美橫町購物。

　　阿美橫町位於 JR 上野站與御徒
町站之間，在 JR 高架鐵道旁，一條
平價商店櫛比鱗次的街道，是著名
的購物天堂，店家多到讓人無法想

日本飲料罐可是有趣的紀念物

像。町區販售各類便宜的海產、五穀雜糧、藥粧店、和菓子甜點等，
以及價格比一般商家低很多的知名大廠牌運動鞋、牛仔褲、潮T等，
這裡同時也是著名美國商品的超級黑市。

武家の勝景嚴選

北海道. 大阪. 東京. 名古屋. 北陸. 九州

良い天喜

敬邀您飛往日本大城小鎮

米其林超五星級評鑑　天皇御宿　夢幻名湯　百選溫泉　日式頂級湯宿

LOCUS

LOCUS

LOCUS

LOCUS